U0958069

特文学

朱铁军 王建淳 主编

春望新芽

新生代90后作家作品

1

中国言实出版社

图书在版编目（CIP）数据

春望新芽 / 朱铁军，王建淳主编 . -- 北京 : 中国言实出版社，2021.2

（特文学）

ISBN 978-7-5171-3731-3

Ⅰ . ①春… Ⅱ . ①朱… ②王… Ⅲ . ①中篇小说—小说集—中国—当代②短篇小说—小说集—中国—当代 Ⅳ . ① I247.7

中国版本图书馆 CIP 数据核字（2021）第 010297 号

出 版 人 王昕朋
责任编辑 李昌鹏
责任校对 张国旗

出版发行 中国言实出版社

地　址：北京市朝阳区北苑路 180 号加利大厦 5 号楼 105 室
邮　编：100101
编辑部：北京市海淀区花园路 6 号院 B 座 6 层
邮　编：100088
电　话：64924853（总编室） 64924716（发行部）
网　址：www.zgyscbs.cn
E-mail：zgyscbs@263.net

经　　销 新华书店
印　　刷 北京温林源印刷有限公司
版　　次 2021 年 9 月第 1 版　　2021 年 9 月第 1 次印刷
规　　格 880 毫米 ×1230 毫米　1/32　8 印张
字　　数 158 千字
定　　价 58.00 元　　ISBN 978-7-5171-3731-3

目录

江边旅馆

李　唐

一

090，这是我的房间号。我跟其他队员一样，住在这里，江边旅馆。据说，江水将这座城市一分为二，北城多山，我跟老墨私下聊天，推测蛇就是从北城的山区涌过来的，由于种种未知的原因。南城地势平坦，经济发达，尤其是近十年，摩天大楼拔地而起，到处都是汽车和商店，走在街上，你很难从打扮时髦的女孩身上撤回目光。她们往往目不斜视，昂首挺胸，有着拥有整个世界的架势，这比她们的美貌更令我迷恋。

我和老墨第一次见面就是在这个房间里。两张床，标准的旅馆套间。我背着书包（里面主要装的是侦探小说和一些半路买的葡萄及荔枝），左手拉着行李箱，里面当然就是些换洗衣物了。我打开门，老墨正躺在靠近窗户的小床上，懒洋洋地看电视。他见我进来，没有惊讶，也没有丝毫寒暄，而是目不斜视地说："这个电视能点播好多电影呢。"

他的语气使我愣了愣，心中产生了某种异样的感觉。后来回想这一幕，我才意识到异样感从何而来——明明我们是第一天见面，可老墨表现出的样子分明是认识我很久了，早已没必要客套。而我也很快进入了角色，放下书包，将行李箱靠在墙角，把换洗衣物和生活用品拿出来一一放置好，同时适应环境。其实没什么可适应的，跟我住过的大部分毫无个性的旅馆一样，江边旅馆也是局促而简陋的。第一天，我就发现抽水马桶不太好使。

旅馆大厅倒是像模像样，前台的桌子可谓富丽堂皇，有四五个工作人员同时忙碌着，他们身后的墙壁上挂着一幅油画，上面是一只老虎和一个坐在树下的僧侣打扮的人。老虎的表情似乎有些困惑，而僧人则面目恬然，微眯着眼。我看不太明白。

我跟其中一个身材矮小的前台女孩说了抽水马桶的事。她话不多，告诉我会派人过去看看。然后她忽然抬起头，用一种探究的目光盯着我。你是捕蛇人？她问我。你怎么知道？她笑了笑，现在整间旅馆几乎都住着捕蛇人。

回到房间，老墨仍在看电影。我也脱了鞋，躺在床上，靠着极其柔软的枕头（后来它极大地影响了我的睡眠），和他一起看电视。电影里有一架小型宇宙飞船正穿梭在雨水和黝黑高大的建筑群中。背景音乐是一种毫无感情色彩的电子乐。我看了一会儿，便昏昏欲睡。这电影没啥情节发展。我起身去卫生间洗葡萄。洗的时候才发现，好多葡萄都坏掉了，也不知道是挤坏的还是天气太热闷的。我一个个将坏的挑出去，用带来的饭盒把好葡萄端出来。

“吃葡萄吗？”我走出卫生间问。

“不了。”老墨第一次认真打量我，“你不知道白蒙蛇也喜欢吃葡萄吗？”

“不知道。”我说。说实话，他的话让我有些不适，于是我独自吃起来，不再理会他。那天我们几乎没怎么说话。

二

第二天上午的时间大部分都被培训占据了。一个大约三十多岁、浑身精瘦的教官从会议室旧式木桌的抽屉里取出培训道具——一条白色的橡胶蛇。他将蛇放在桌面上，为我们讲解可能遇到的各种情况，以及蛇会有怎样的反应。遇到突发情况时，我们该怎样处理。橡胶蛇被他的手捏来攥去，当它被提起悬空时，我们注意到它很像一条真正的蛇那样摆动灵活柔软的细长身躯，在教官手中颤抖。而当它重被放回桌上，由于某种作用力的挤压效果，蛇身会慢慢地自动伸展开来，像是被注入了麻药。

中间休息时，我们这些捕蛇人到外面的院子里抽烟。会议室是旅馆自带的，穿过会议室不长的走廊，推开一扇厚重的棕色木门（实际推起来并不重），便来到了摆满了花盆和盆栽的小院子，院中还生长着几棵高大的杨树。阳光被房檐遮住一半，暗的那一面显得有些潮湿。我们挤在阴凉处，抽烟，聊天，或者保持静默。

我听到老墨在跟一个人解释捕蛇过程中的某个注意事项，显然，对方在培训会上走了神，或是忘记了其中某些重要的部分。老墨一边讲解一边伸手做演示。他弓起身，瞅着花盆缝隙的角落，好像里面真的有什么在暗中潜伏。他的动作引起了大家的注意，一时间，所有人都在盯着他。

休息时间到了，队员们纷纷返回会议室。我跟在老墨身后，望着他宽大的背脊。刚刚也是我第一次仔细观察老墨的样子，尽管我们已经共处一晚。他已经算是个中年人了，头发中掺杂着明显的白丝，应该是我们这群人里岁数最大的。他皮肤黝黑，脸庞粗糙，下腭覆盖着一层薄薄的络腮胡须。眼中没什么神采，总是疲倦的模样。嘴唇由于干燥而暴起死皮。比我高整整一个头。

培训会结束后，教官给我们每个人发了可以遮挡面目的头盔、棕绿色防护衣、橡胶长靴、不锈钢制的捕蛇夹，还有一把开刃的匕首。我们在表格上做了登记，领走了属于自己的装备。

回到 090，老墨立刻脱了鞋，躺在床上打开电视。我发现他虽然人高马大，但总是显得没什么精神。

"你好像很熟练。"

"什么？"他转过头，茫然地看着我。

"捕蛇。"我情不自禁地模仿起他在院子里的动作，"你以前做过？"

"小时候经常去。"他冲我笑笑，舔了舔嘴唇上的死皮，继续看电视了。

那天晚上下了雨。雨声淅淅沥沥，犹如漫长的催眠曲，可对我毫无效果。我怎么也睡不着，在床上翻来覆去。枕头太软，床又太硬，过不一会儿我就颈椎酸痛。我的脑子忍不住胡思乱想。明明我住的是旅馆的二层，为什么门牌号却是 090？不知道是按什么排列的。不知不觉间已是后半夜了，雨没有停歇的意思。老墨背对我睡着，脸冲着窗户，一动不动，也没有声音，像是黑暗中的磐石。

"明天，是捕蛇的好日子啊……"他忽然悠悠地说道。我没有回答，等待下文，却悄无声息了。我搞不懂这是不是一句梦话。

三

我醒来时老墨不见了。他的床单铺得很齐整，看不出有人睡过的痕迹。窗外，雨依然在下，天空一片昏暗，似乎有许多东西混杂在了一起。阴云密布的天空很像是某种结构异常复杂的建筑，或者是建筑的废墟。在它的下面，混浊的江水滞缓地流动。从旅馆的方向，可以看到江水从远方鼓起的小山丘中蜿蜒而出，最开始只是细小的线，之后愈加迫近，到达视线近处时，江面已扩展为接近扇形了。我盯着水面看了一会儿。江岸两侧是被雨水打湿的颜色黯淡的树木，还有更加低矮的小饭馆。

依照安排，今天下午仍然有一次培训。我想起昨日教官反复对我们嘱咐说，一定要注意安全，白蒙蛇的毒性很大，而且行为机警，甚至还会装死。而我们这群人，可以说是名副其实的乌合之众，都是临时凑到一起的。为了什么？当然是为了钱。就在两个月前，原本在北城山区偶尔得见的白蒙蛇突然由于不明原因，大量出现在南城的居民区，引发市民恐慌。为了阻止事态进一步发展，也因为人手不足，便临时同有害生物防治公司一道向社会招募了大量“捕蛇人”参与清剿白蒙蛇的行动。我是在女朋友家的晚报上看到这个消息的，如今还买报纸的年轻人不多了，她是其中一个，虽说主要也就看看招聘版面。

我听到有人刷卡进门的声音。我回过头，看到老墨正在门口脱掉湿漉漉的雨衣。他将雨衣挂在卫生间，又脱下靴子，换上旅馆的白色软拖鞋。走进来时，他的身上仍带着新鲜的水汽。

“出门办事？”离培训还有一个上午，我想总得说点什么。

“哪有什么事可办哦。”他嘿嘿笑着，靠在床头，“出去随便溜达溜达。”

我们沉默了一会儿，听着外面绵密的雨声。我想起小时候，父母吵架间隙的片刻寂静。我独自躺在卧室里听雨水落下，厕所管道也在不停地发出淌水声。

“你是不是去过很多地方？”我也坐回床上。

"你怎么知道？"

"感觉。"我说。

他露出宽厚的笑容，说："没错，我是两周前才到这里的。因为看到了招募'捕蛇人'的新闻。"

"就是为这个来的？"我感到诧异。

他点点头。"那时我还在甘肃的戈壁吃沙子，脑袋一热就买火车票过来了。我爸以前就是村里的捕蛇人，从小我就常跟着他进山。"

他打开电视，漫无目的地挑选机顶盒里自带的电影。

"你没工作吗？"我问。

"没固定工作。"他说，并没有被冒犯的意思，"四处打零工，或者写点稿子。'非虚构'你知道吗，这些年很火的一种形式，只不过我是自由撰稿人。"

他说的我都一知半解，更没听说过什么"非虚构"，但我决定不在这个话题继续问下去。我说："你以前是做什么的？"

他终于找到了一部电影——去年曾大火的科幻片。过了两三分钟，待电影播出片头时，他才略显疲倦似的对我说："记者。"

后来，我们一起安静地看起电影。雨时大时小。旅馆房间里只有电影中的人在大喊大叫，或是喃喃低语。

四

雨暂时停了，但天空依然被乌云笼罩。那些乌云如同某种絮状物，边缘像是被使劲拉扯过。我们的小组（共六人）被分配到了一座社区公园里。老墨跟我在同一组。其他的小组则被分配到了其他的公园或南城的各个绿化带、居民区。这几天我已经学到了相关知识：白蒙蛇喜欢阴暗、潮湿、多植被的地方；雨天使白蒙蛇更兴奋，富有活力，视力也比晴天时更好；它们不会主动攻击人，但人类的某些举动会使它们误认为具有攻击性；白蒙蛇属于毒蛇的一种。总之，我们的任务就是要将它们清除出居民活动地区。

我们穿着棕绿色的防护服，戴着头盔，一寸一寸地检查脚下湿润的泥土，翻开松动的石块，尤其是灌木丛、石堆和垃圾堆放处，这些地方都有可能发现白蒙蛇的踪迹。

但整整一天，我们一无所获。那些在公园里玩耍的孩子总盯着我们，不知道他们的家长是怎么想的。还有些路过的人会凑上来，探头看我们的塑料桶。怎么，一条都没抓到吗？他们嘟囔几句，转身离开了。气温开始升高，我们包裹在密不透风的防护服里，热得晕眩。草丛由于浸满了雨水而显得十分沉重。

我们像是排雷那样来来回回巡查了两遍，到了中午还是没发现蛇的影子。老墨和我靠在一棵树下吃盒饭，他已经把防护服脱掉了，里面的蓝色短袖衬衫早已洗过一般变成深色。太阳露出了头，洒下的阳光照在每片树叶上，同时反射着油绿的光，给人一种喧闹的错觉。实际上，这座公园很安静，孩子们应该回去吃午饭了。

“真是又热又潮啊。”我也脱掉了防护服。天热得我毫无胃口，我感觉自己就像是一只蒸鸡。一年之中最难过的就是夏天，每年到夏天我就想死。

“这种天气白蒙蛇最喜欢了。”老墨笑着，全然不顾额头密集的汗珠，往嘴里塞炒土豆。我毫无胃口，放下饭盒去撒尿。

在公园与居民楼的交汇处有一排铁栅栏，上面缠绕着藤类植物，覆盖在一棵高大的杨树的阴影里。我背对着人群，褪下裤子。这时，我的余光看到一截藤蔓忽然晃了一下。根本没有风，那种晃动给我一种极不自然的感觉。我急忙提好裤子，退后了几步。

一条白蒙蛇缠绕在一根栅栏上，与藤蔓彼此交织。它已经发现了我，前半截身体脱离了栅栏，高高抬起，红色的眼珠紧紧盯着我。我脑海里下意识地搜罗培训教程：紧绷或抬起身躯，眼睛盯人，都是攻击的前兆。而我像是僵住一样，动也动不了。

这时，有人拍了拍我的肩膀。我回过头，老墨嘿嘿笑着，依然穿着短袖衬衫。他手里多了一副捕蛇夹。白蒙蛇身体软了下来，有了退缩的迹象。然而老墨不想给它这个机会，他上前一步，用捕蛇夹卡住蛇身，令它动弹不得，然后像摘果子那样捏住蛇颈，将白蒙蛇拖下来，放进桶里，盖住，锁好。

五

“跨江大桥”是从公园回旅馆的必经之路。我们沿着人行道一字排开，缓缓地穿过大桥。两侧的人行道要比机动车道高出一截，车辆在我们身体的右侧飞速驶过，带起尘土。桥下，是看上去黏稠不堪的江水，但从上面往下看，会发现江水并没有想象中那样滞涩。它一刻不停地向前涌动着，浪花的褶皱层层推进，不时卷起小型旋涡，吞没漂浮在水面的残枝和塑料瓶。我捡起一块石头扔下去，眨眼便消失不见。我们继续往前走。

夕阳呈紫红色，晕染了上游一大片天空。条状的云层散落在天边，像是要被霞光融化。但我们知道，它们很快又将聚集，发出滚滚怒吼。现在正是雨季。

老墨走在我旁边。他脱掉防护服后就再也没穿上，只是随意地搭在肩膀，左手拿着桶，右手握着捕蛇叉，仿佛归家的垂钓者。我瞥了一眼他的白色塑料桶。

“没想到有一天我还会回到这里。”他突然停住，放下塑料桶，侧身倚在大桥的栏杆上。

我也停下脚步。我的桶是空的，在手里晃晃悠悠。

他指了指山脉的方向。

“从前，有个女孩放学后没有回家，仿佛凭空消失了。三天后的中午，她从山区上游顺流而下，死亡时间应该在失踪的当天夜里十二点至第二天凌晨三点之间。那孩子还在上初中，学习中等，家境中等，没有不良嗜好，也没交往过男朋友。没人知道怎么回事，警方判定失足落水，因为尸检找不到他杀的证据。自杀的证据也很缺乏，无论是她的父母，还是她的同学、朋友，都找不到任何女孩自杀的理由。自杀总得有个理由对吧？可认识女孩的人想破脑袋也想不出可能引起她自杀的原因。平日里女孩文静内向，但也不算孤僻，有几个关系不错的朋友，在他们面前会变得开朗。也从来不去惹是生非，是典型的让老师和家人省心的孩子。她喜欢读书，读正经的文学，世界名著，但按照年龄来说也算不上太早熟。读的最后一本书是加缪的《局外人》，郭宏安翻译的版本，没有做笔记，从书签的位置推测可能也没看完。总之，她属于那种头几次不会给人留下太深印象，接触久了或许会成为知心朋友的女孩。她的最后一篇日记还是在讲班级大扫除的事，丝毫没有死亡前的征兆。但是她妈妈曾偷看过女儿的日记，所以也不排除怕被母亲发现，而不敢在日记里记录真实想法的可能。”

这是我们认识的三天里他说话最多的一次。天色更暗了些，夕阳正慢慢沉没。其他队员早已远远超过我们。

“最后谁也弄不清女孩真实的死因，到今天也是悬案，包括女孩为什么要独自一人到山里面，全都无法解释。她的父母也没有继续追查的意思，毕竟连个嫌疑人都找不到。”老墨摇摇头，“总之一切都莫名其妙。那是差不多二十年前，我刚刚毕业，到这里的报社实习。女孩溺水案是我独立跟踪的第一起报道，结果就是个无头悬案。”

“后来呢？”我问。

“这种案子怎么会有后来？”老墨转过脸，冲我咧嘴笑，“又不是那种耸人听闻的大案，连我也差不多快把这个案子忘掉了。”

我点点头，似乎听到老墨的塑料桶里有什么东西在拍打壁面。笑容还未从他的脸上消退。

“不过呢，”他说，“后来这案子还真有了个‘后来’。”

老墨从行李箱里取出一只文件夹，递到我面前。我坐在床沿，翻开透明塑料封面，看到里面夹着的是一张报纸的复印件，分上下两版，上版是关于我国第一辆磁悬浮列车下厂的消息，下版转本地新闻：花季少女溺水身亡，警方提醒：雨季注意出行风险。

“这是我当年写的报道，”老墨有点心不在焉地说，“我自己手头都没有当年的报纸了，可就在我前些日子从甘肃戈壁回到住处时，它却出现在了我楼下的信箱里，平时里面除了汇款单就是广告。我查过，寄信地址是假的。”

报道还配有一张极其模糊的照片，原版可能是彩色的，大致能辨认出是两个医护人员蹲在岸边，应该是在抢救溺水的女孩。女孩的样子完全看不到。

“我还记得她当时的样子。”老墨盯着他左下方床头柜的金属把手，根本没在乎我的反应，“那会儿是夏天，跟现在差不多。她脸色苍白，像被冻住，头发和面颊沾着淤泥，但却显得很干净，也很平静，看不出挣扎的痕迹。这是我头一回在现实中看见死人。之前我外公去世我在外地上学，赶回来时已经火化了。外公是病死的，过程、原因都清清楚楚。”

“你想要找到女孩真正的死因？”我试探地问。

“你让我怎么找？警方都没找到原因，况且还相隔了二十年。她死的时候，你应该最多才上小学。”

“那这是怎么回事？”我晃了晃手里的报纸复印件，“搞清楚是谁寄的吗？”

“没有。”老墨安静下来，“也不知道这个人什么目的。或许……”他停住不说了，开始细细地思考起来。

“或许什么？”

“没什么。”他倒下去，双手压在后脑勺和枕头之间。半晌，他才拿不定注意似的说：“或许寄复印件的人是想提醒我什么，但我一时还无法领会。”

六

捕蛇的工作通常是枯燥无聊的。我们一大早从旅馆出来，换上防护服，带上各种装备，在小组长（之前是有害生物防治公司派的人，现在则由经验丰富的老墨担任）的带领下，穿过跨江大桥，来到附近的居民区进行巡查。蛇患愈加严重了，从电视里可以知道，被白蒙蛇咬伤的市民数量每天都在攀升，死亡率也居高不下。我们的工作强度比前几日明显增加，有时一天要去好几个地方。不过白蒙蛇十分狡猾，真正能在巡查期间逮到的并不多。于是我们在蛇可能出没和藏身的地点放置了大量蛇笼，里面会装上公司特制的诱蛇粉以及白蒙蛇最喜欢的葡萄。当蛇钻入蛇笼内，笼门会自动关闭。

一个星期内，我们利用蛇笼捕获了二十二条蛇，已经超过了南城区政府在此前统计的全年的捕蛇记录。可想而知事态的紧迫性。专家预计，约有上千条白蒙蛇进入了南城，原因至今无解。有人推测，可能是在上游建造的水库工程破坏了某种生态平衡，导致白蒙蛇一反常态进入人类生活区域。当然，还流传着另一种说法。

“地震。”老墨将一串葡萄放入蛇笼，转身对我说，“网上流传这是地震的前兆。”

“真的？”

“我哪知道，”老墨苦笑，“我查过资料，这座城市上一次明确记载的地震是在明朝嘉靖年间，并不是中心地带，只是受到了波及。这里并不在地震带上。”

我们在放置于小区绿化带角落的蛇笼内发现了两条白蒙蛇。蛇笼狭小，它们彼此纠缠，像是一个死结。葡萄已经吃光了。老墨打开笼门，直接用手捏住蛇颈，一手一个，将两条蛇拽出，放进塑料桶内。他没有穿防护服，自然也没戴头盔，只是戴了橡胶手套。

蛇的身躯有一种潮湿、黏稠的寒意，即使没有直接接触，我也能感觉到。闷热的天气使我额头和后背的汗水如小河流淌。

老墨告诉我，他出生的村庄经常有蛇出没，因此村子里有许多捕蛇人，他们往往是捕蛇世家。老墨的爷爷同样也是捕蛇人，但很早就去世了，那时老墨的父亲才刚刚上中学。

“不小心被咬了一口，”老墨说，“一种剧毒蛇，据说没几分钟人就没了，死时全身浮肿。”后来，老墨的父亲也成为了捕蛇人。“他见蛇就杀，无论有毒无毒，统统杀死。而且他跟一般专职的捕蛇人不一样，他有正规工作，从不会把蛇卖给药商。他只是杀，杀了就随手扔掉。与其说叫捕蛇人，不如说是‘杀蛇人’。”

“现在呢？”我问。

“现在？”老墨眨了眨眼，有汗珠进眼睛里了，“他早就退休了，下楼都费劲，也不会再去捕蛇了。身体和脑子都转不过来，现在再去跟蛇较劲和找死没啥区别。”

我人生中第一次捕蛇是在当天下午，快要收队的时候。在公园的草丛里，我发现了一条白蒙蛇。身长大约一米，蜷缩在阴凉处。我慢慢接近它，紧紧握着捕蛇夹的长柄。

“沉住气，别紧张。”老墨在我身后说，“蛇会察觉出你的紧张感，反而更危险。”

阴影中的白蒙蛇像是一团刚刚分娩出来的白色肉球，睁着两颗血红的眼珠。我本能般地快速伸出握住长柄的手臂……

七

从我记事以来，我最厌恶的生物有两样：蜘蛛和蛇。这也是我应征捕蛇人的原因。小时候，只要我在电视里看到蛇，就会条件反射似的起鸡皮疙瘩，并且偶尔有胃痉挛的情况。我觉得蛇非常恶心，怎么说呢，我感觉它像是某种邪恶与恐惧的混合物，而不是单纯的动物。那时我还没真正见过蛇，它的形象只是深深地扎根在我意识深处，不时会冒出来。比如说，小学四年级的一天，父亲喝多了，很晚才回家，母亲把防盗门反锁，不让他进屋。于是父亲就在楼道里大喊大叫，最后发展到用脚使劲踹门。那种声音十分恐怖，我一辈子也忘不了。母亲在门口捂着脸哭泣。巨响一声声传来。我坐在卧室的床上，手里握着一支圆珠笔。不知为何，我的脑海中忽然浮现出了蛇的身影，成千上万条蛇，拥挤在幽深的洞穴中，不停地蠕动着冰冷、黏稠的长长的躯体，互相吞噬。我被这种想象，或者说念头牢牢地攫住了，浑身颤抖，动弹不得。

后来，蛇经常会出现在我的头脑中。尤其是某些时刻——当我最讨厌的数学老师使劲拧我的耳朵的时候；当我看到几个男孩子在欺负一个肥胖女孩，把课本扔到她头上时；当我不小心撞到一个骑自行车的中年人，而被他破口大骂时，这些时候总会有一道阴影从我脑海中倏忽闪过。

我第一次见到真正的蛇是在高中，学校组织去动物园。那时我已经不太厌恶蜘蛛了，因为我发现自己可以轻松地弄死一只蜘蛛，而蜘蛛又实在太常见了，我对它们失去了兴趣。但是蛇不一样，当我隔着一层厚厚的玻璃围墙，看着那几条蛇缠绕在树枝上，在树影中吐着分叉的芯子时，我感到胃在剧烈地疼痛，仿佛被一双大手拧搅在了一起。我感到一种深深的恶心、恐惧，还有莫名的空虚感。那是一种说不上来的病态的感觉，因为别的同学看得津津有味。最后，我跑到卫生间吐了出来，脑子里填满了蠕动的画面。

此后很长一段时间，我都觉得脑袋里盘踞着一条蛇。这可不是开玩笑。我甚至动过去医院拍片子的念头，因为我可以感受到“它”在我脑袋里轻轻滑动。

上大学后，这种情况缓解了不少，我已经不再怎么想蛇的事了。只有在某个飘忽的瞬间，那个影子会在脑中突然浮现，而我会用意志力将“它”压抑下去。生活确实在好转。父母的吵架次数慢慢减少了，他们忽然变得平和起来，或许是他俩都上了年纪，变得相对无言。大学毕业后我找不到合适的工作，四处游荡，最后来到这座城市，当了一年房地产中介，又干过半年快递员。

“它”很少再出现了，但我仍能感觉到“它”时常在蠢蠢欲动，想从那个幽深的洞穴中探出头来。不过我发现了一个很好的方法阻止“它”的出现，那就是劳动，高强度的体力劳动，把自己弄得筋疲力尽，就什么都不用思考了。我发现很多时候痛苦都源于身体太闲。

大约一个月前，我在女朋友家的报纸上看见了招募捕蛇人的信息。我立刻就动了心。除了优厚的报酬外，还有一个原因是我刚看完电影《蝙蝠侠》，里面有一段讲的是蝙蝠侠小时候的经历。童年时代的蝙蝠侠最害怕的就是蝙蝠，但后来他却以蝙蝠作为自己的形象。

我记得一句电影台词：“要克服恐惧，就要成为恐惧本身。”

八

我们每天第一件工作就是去放置了蛇笼的地方，看看有没有收获。连续一周的高温被一场暴雨横扫而空。那天我站在江边旅馆的窗子前，看到由于雨水而暴涨的江水。它一改平日里温暾的模样，变得激进和莽撞，不管不顾地一路向前。江流湍急，我想象着某样东西如果此时落入水中会遭遇到什么。

“你在想什么？”老墨嘴里叼着烟，手上在削苹果。

“我在想，再这么下去，地不地震我不知道，但可能先到的是洪水。”我兴致勃勃地说，“洪水会冲破堤岸，浪花有数米高，被拍到的人会粉身碎骨。然后，洪水吞没了这座旅馆，窗外的一切都看不到了，能看到的只有一片汪洋。”

“你倒挺有想象力。”他笑着，我分不清有没有嘲讽的意味在。但即使有嘲讽我也不在意。无法外出时，他大部分时间都坐在旅馆唯一的书桌前，读书或在电脑上打一些字。我不知道他在写什么，他也没有主动给我看过。只是有一回，他去厕所时我迅速翻了翻那摞书——基本都是繁体的，从书名上看讲述的是一些上世纪的往事。

雨停后，几道光芒从云层的缝隙中照射出来，映衬着远方的山脉雕塑般耸立。这种形态的阳光我很少见到，像是刀片薄而锋利。

我们按照前几日的图纸，一个个去检查蛇笼。基本上每个蛇笼里都会有一两条白蒙蛇，似乎比我们刚来的时候更多了。潮湿阴暗的天气带来了更多蛇的踪迹。我与白蒙蛇又正面遭遇过几回，我依然不能完全克服心中的恐惧，但好在有老墨在身边，便多了不少底气。有时想想觉得不可思议：我竟然真的成了一名捕蛇人。

有一天，老墨捉住了一条将近两米长的白蒙蛇，而且比普通的白蒙蛇粗壮得多。它躲藏在通风管道里，被老墨一把揪住，甩在水泥地面上，把身边的队员都吓了一跳。经此一摔，蛇将死未死，紧闭着眼，蜷缩在塑料桶里，偶尔动弹几下。

休息时我跟老墨在公园的凉棚下喝饮料。他直视前方，沉默不语，过了一会儿，突然掀开塑料桶的盖子，冲我诡秘地眨眨眼。

“摸摸看。”他说。

“什么？”我以为没有听清。

“摸摸它，”他说，“你还没有真正抚摸过蛇吧？”

蝉在耳边使劲地鼓噪，还有看不见的鸟儿的啾鸣，它们隐藏在茂密的树丛内部。其他队员在不远处懒洋洋地伸懒腰或是玩手机。我注视老墨的眼睛，那目光不像在恶作剧，而是隐隐中真的有些许期待。

我移开目光，转到塑料桶内。这条两米长的白蒙蛇几乎占据了整个空间，被自身重叠、挤压着，我想，它应该很不舒服。它一动不动，但我知道它还没死。

老墨眼神闪烁，似乎在盼望着什么。

“等等。”他说，“把手套摘了。”

于是我摘掉手套。我仿佛是第一次意识到自己的双手是如此赤裸。夹杂着雨腥的风吹过，我可以看见手背上逐渐竖起的汗毛。

“别害怕，”老墨的声音既像怂恿又像安慰，“它不会伤害你的。”

我的手指慢慢地触摸到蛇身。它依然闭着眼睛，没有丁点反应。我感觉是在抚摩鱼的鳞片，不过要更柔软和细腻，还有一点粘连的感觉，好像它的皮肤在不停地分泌液体。我的脑子里不受控制地出现了洞穴，同时涌现的是痛苦和恶心。我的嗓子眼被某种苦涩感堵住了，十分难受，浑身战栗起来。

我先是一根手指，接着整个手掌都放了上去。我握住那水管一样的圆柱体，表面有些微小的颗粒感，但总体很平滑。我继续往下，直到摸到了那个跳动的东西，一下下在蛇的体内搏动。

那是蛇小小的心脏。

九

周日是休息日，捕蛇人每周可以休息一天。那天我们不用再套上闷热难耐的防护服，而是穿上自己的衣服，走下旅馆古朴的木质台阶，来到大厅，思考这一天要做什么。旅馆大厅的样式很简陋，门口只有两只脏兮兮的棕皮沙发，一个茶几，上面摆着的烟灰缸永远盛满烟灰和嚼成一团的口香糖。前台的小姑娘倒不至于昏昏欲睡，但总是反应迟钝，慢半拍的样子。她有时会拿着苍蝇拍满世界拍苍蝇，只要发现苍蝇的踪迹，就蹑手蹑脚地靠过去。“啪”的一声，然后传来她懊恼的嘟囔：“又没打到……”

我没见她打死过任何一只苍蝇。

外面又下起了零零星星的小雨。我和老墨在旅馆门口抽完烟，撑开各自的伞，走入绵绵雾气般的雨水中。

我和慧慧约好的地方是我们曾常去的一条小吃街，离旅馆并不远。我和老墨刚到没两分钟，就看见慧慧从另一个方向撑着伞缓缓走来。

“终于想起约我出门了？”慧慧站在我们面前。

“最近工作太忙，”我解释说，“不信你问老墨……”

慧慧走上来挽起我的手臂。

小吃街的人并不多，雨天影响了这里的生意。我们随便找了一家门脸坐下。慧慧坐在我旁边。她穿了一件灰色针织背心，身材瘦削，头发比上次见面时更短了。

“蛇肉火锅，”慧慧指着菜单，“这个以前没有。”

“蛇肉小吃这段时间已经四处开花了。”老墨说，“都是因为蛇患。”

“是吗？”慧慧没有抬头。

吃饭时，慧慧弯下腰，擦拭不小心掉在脚趾的一片青菜。我看到老墨的筷子停顿了一下，视线望向慧慧的脖颈处，接着，他注意到了我的目光。他舔了舔嘴唇上的死皮，露出了笑容。

老墨出门抽烟的时候，慧慧在我耳边悄声说：“你有没有感觉他像一个人？”

“一个人？”

“一个明星。”慧慧说。我知道，那是一个她很喜欢的影视明星，在银幕上经常以硬汉形象示人。她曾跟我开玩笑说：“那样的男人让我做什么我都会答应。”可让我想不通的是，我完全不是那种类型，连相近都谈不上。她为什么会答应我做她的男朋友呢？

“你今天很沉默。”吃完饭后，老墨突然对我说。

“是吗？”我说。

雨暂时停了。我们三人拿着依然潮湿的伞，慢慢地往小吃街出口走。就在这时，我的余光瞥见排水沟处闪过一道白色的影子。我立刻停下脚步，紧紧攥住伞柄。

只是一个被淋湿的白色塑料袋，被路旁的积水冲刷着。

“你怎么了？”慧慧说。

十

我从门缝底下拾起一张纸，然后推门看了看。走廊上空无一人。红地毯从一头铺到另一头，每扇门都合着，悄无声息。这是傍晚，没有人出门，空气中弥漫着木头反潮的霉味。我关上门，盯着手上的纸——那正是老墨曾给我看过的报纸复印件，上版是磁悬浮列车，下版是女孩溺死的消息。模糊不清的照片。庄重的黑体标题。

房间里的空调坏了，老墨正用一把塑料扇子使劲扇风。扇子是从大街上的促销员手里拿来的，扇面是一家新开饭馆的宣传画。

“这是什么？”老墨停止了扇动，紧盯着我。

我递给他。他沉默不语地接过去，只匆匆地瞥了一眼就放在了床边。

“没看到人？”他问我。

“没有。”我想说，我们甚至连它是什么时候被塞进来的都不知道。

“你觉得是怎么回事？”

“不知道。”我说，“可能是恶作剧。”

老墨抬起头，看了我一眼。“哪会有这么无聊的人！”他像是哀叹似的说，望向窗外。

半夜我起来撒尿，发现老墨不见了。我不知道他什么时候离开的。

之后的很多天，除了工作时间，老墨都不在旅馆。我不知道他去了哪里，他什么也不说。我一个人留在房间，听着窗外时断时续的雨。

我不知道要做些什么，除了工作，我几乎找不到任何用以消遣的东西。我只是喜欢待着，什么也不做，但是会想一些东西，也不成体系，只是凌乱的碎片。在这个过程中，有些念头会像烤面包一样从面团开始发酵、膨胀。有些东西则是一闪而过，隐没在脑海深处。它们是一些场景，脸庞，以及触感或气味。女朋友不止一次对我说，跟我在一起感觉很憋闷，因为我总是没有话说。我翻看她买的旧报纸，读上面过目即忘的文字，过期的新闻，难辨真假的奇闻逸事，“可你就是不愿意跟我说说话。”她责怪似的转过头，凝视我。

醒来时是深夜。老墨还没有回来，他的床铺被月光映照着。真的是月光，我伸出手，月光就到了我的手上，像沾了淀粉。

我躺在老墨的床上，心想我们真的是完全不同的两个人啊，人从降生的那一刻起，就注定无法成为另一个人。现在月光正照着我的肚子。

夜晚静悄悄的，也没有下雨，我倒希望能下点雨。后来不知怎的我拨通了慧慧家的电话，我反应过来时也吓了一跳：已经凌晨三点半了。可电话已经接通，我等待着，一声、两声……没人接，慧慧或许睡着了听不见，但我知道不可能，她睡眠很浅，别说电话铃声，就连一阵管道里的流水声都会惊醒她。她不在家，会去哪里呢？

我挂断电话，继续躺在老墨的床上。我听到了窸窸窣窣的响动，像是有什么东西在爬动。我连忙打开床头灯，搜寻着声音的来处。响声没有了，我不确定那是不是错觉。据说在极静的环境里，人的脑子会自行制造噪声。真有意思。外面的天空变白了，月光也消失了。我还是头一回看见夜空一点点变白呢。

十一

不止一次，我询问老墨究竟在写什么。“一些被遗忘的往事，和一些被遗忘的人。”他这样语焉不详地嘟囔着。我发现我对他一点也不了解，不过这也是正常的，我们只是在极其偶然的情况下分配成了室友，捕蛇的任务结束后，我们就将分道扬镳。或许我们还会偶尔想起彼此，但也仅此而已。我们完全是两路人，很难成为真正的朋友。是白蒙蛇将我俩暂时连接在了一起。

捕蛇的任务看起来遥遥无期。白蒙蛇源源不断地出现，没有减少的意思。每天我们都会在笼子里发现大量的蛇，它们有大有小，有些明显是刚刚孵化出来的幼蛇。捕蛇的时间显然超出了预期。有一天，有害生物防治公司将我们召集到会议室，分发给每个人硫黄烟雾弹。它们像是小水杯，拧开上面的盖子便会冒出滚滚浓烟，可以将蛇从洞穴中熏出来。

首先要辨认蛇迹。在每组小组长的带领下，我们开始主动出击，寻找源头。蛇迹很难辨认，即使是最有经验的捕蛇人也要经过异常细致的检查，才能在杂草中认出那浅浅的痕迹——蛇在此爬行过。然后我们沿着痕迹一路摸索，就能找到碗粗的蛇洞。这时硫黄烟雾弹便派上了用场。拧开盖子，迅速扔进洞中，往往不出几分钟，就会有蛇从洞中钻出，有一次竟钻出十余条。我们在洞口将它们一网打尽。

还没结束。确定蛇全部落网后，我们还要用铁锹翻开泥土，查看洞中是否有蛇卵，一旦发现立刻捣毁。白蒙蛇的卵是椭圆形，两头有些尖，不仔细看会将它误认为是小石子。我看到有些蛇卵已经开裂，或是孵出了幼蛇，像是水蛭，只不过是白色的。

一次午休时，我无意中听见有人在议论老墨。当时老墨不在旁边，我凑上前，他们几个便住了口，齐刷刷地望向我。他们知道我跟老墨是室友，这些话很可能传到他耳中。我还是想试一下，就问："你们刚才在说什么？"

"你不知道吗？"其中一个跟我年纪差不多大的对我说，"老墨以前可是新闻人物。"

我下意识的反应是他指老墨曾是新闻记者这件事，但立刻意识到根本不是这个意思。

“新闻人物？”

“你听说过几年前，关于医药企业丑闻的事吗？当时在网上闹得沸沸扬扬啊。”

这件事我有一点印象。大约四五年前，有记者曝光了一家大型医药企业的丑闻，包括隐瞒药品副作用、监管不严和行贿等问题，立刻在网上引起轩然大波。不过很快，事情就发生了“反转”——有网友质疑那名记者的真实目的是充当另一家跨国医药企业的打手，因为这两家企业当时属于竞争关系。而证据就是有人贴出了那名记者在参加跨国医药企业举办的某项活动时的照片，并且还有与企业高管的合影，暗示他们关系非同一般。之后，又有更“劲爆”的消息传出：有匿名者爆料，该记者曾骚扰过报社的女实习生，这下为记者辩护的人也息了声。

再后来呢？我仔细回想。那件事好像很快就平息了，人们的注意力被更新的热点事件吸引，没人再提它了。

而在他们口中，那名曾一度处于舆论旋涡中心的记者，正是老墨。

十二

翌日工作完毕，老墨回到旅馆，洗了澡，一言不发地抽烟。这几日他变得沉默许多，脑袋总是被烟雾缭绕着。我打开窗通风，蝉的聒噪立刻灌入屋内。他什么也不说，目光只是盯住某处不动。外面的树丛比刚来时更茂盛了些，斑驳的树影与叶片交织，分不清彼此。再远处，混浊的江水依旧悠悠流淌，我想到多少年过去，桥梁坍塌，旅馆也不复存在，而江水还是会从此处流过。

老墨换上新衬衫，像平时那样出门。我悄悄跟在后面，想看看他究竟都去干吗。老墨沿着江边的人行道一直走。放学的中学生三三两两聚集在小吃摊前，老墨从他们身边挤过，又逆着下班的人群，加快了脚步。江边的人和房屋都渐渐多起来，这是进入了市区。汽车喇叭像是彼此响应般汇成一片，树木变得齐整，道路变宽，人潮从四面八方涌来。老墨步伐坚定，只是向着江的上游走去，并不偏离。

我不知已经跟出去多远，早已气喘吁吁。论体力，我远远比不上老墨，于是我找了一辆共享单车，走走停停，继续与他保持着距离。雨后的空气清洁，经过一些下坡路段时，我停止蹬车，任凭车子顺着惯性前行。我感到脸颊沾上了几颗雨滴，但并未下雨。天空中有一丝余辉尚存，好似只过去几分钟，那余晖也消逝了，仿佛风雨飘摇的烛火终于熄灭。昏黄的街灯准时亮起。老墨的背影开始模糊起来，为我的跟踪增添了难度。路旁，赶路的人群被纳凉的老年人和孩子们取代。楼房混同于夜色，耳畔的噪声变得遥远。老墨一直走着，从未停歇。车流声也远去了，我的耳边只剩下呼呼的风声。

其间我曾回头，看到市区的灯火不知何时已被我们远远抛在身后。

离开市区，老墨踏上了一条通往北城山区的沿江国道。夜色浓重，灯光却开始稀疏。如猛兽般的大货车冲破黑暗，从我身边呼啸而过，扰动的气流使我不寒而栗。我开始担心起老墨的安全，可那个小小的身影打起了手电筒，仍保持着原先的步速。

现在，我的左侧是滚滚江流，右侧是黝黑的山体。某些瞬间，当公路上没有其他车辆驶过，仿佛整个世界就只剩下水流声，群山沉默不语，只是不时渗出鸟类和昆虫的鸣叫。我慢慢地骑着车，循着前方不远处的手电光。我不禁有些恍惚，感觉身体越来越轻，像是骑在半空中。我成了类似空气的物质，任何东西都可以穿透我，却不会伤害到我，而我也不会伤害到任何哪怕再微小的事物……

眼前是混沌的黑夜。手电光不见了，我吃了一惊，实在感再次降临。车轮从空中缓缓落地，被碎石子硌得嘎嘎作响。我加快速度，想在从从黑暗中再次寻找到那光亮。

月亮升至天际，照耀着苍白的道路和江岸的石头滩。岸边弥漫着蓝莹莹的雾气。一道白色的光正笔直地照向某个方位，凝固一般。我松了口气，将单车停靠路旁，翻过公路低矮的围栏，顺着铺满砂石的斜坡走下去。

雾气丝丝缕缕，包裹住那个打手电的人。

老墨站在江边，一动不动。月光照在他的身上，混同于四周布满的石头，他的身影如同一尊石像。我慢慢靠近他，鞋子踩在石头滩上，发出细微却异常清晰的响动。

那道光柱仍然静止，从手电筒射出，扩大为一个光圈，笼罩其中的石头白得耀眼。我往那里盯了一会儿，没看出任何特别之处。

“你在看什么？”我忍不住问道。

老墨扭过头看了看我，并未显示出任何惊讶。

“就是这里，”他抬起胳膊，指向光圈的方向。他的声音听起来跟平日里不太一样，“那个女孩就是在这里被发现的。”

江水静静流淌。我走过去，拾起一块火柴盒大小的石头，在手中轻轻摩挲着。

“最先发现的是附近钓鱼的人，”老墨接着说，“我得到消息赶到时这里已经围满了人，两个法医正蹲在女孩的尸体旁边，他们戴着口罩做检查和取证工作。我拍了几张照片，就在我现在站着的地方。第二天，其中一张照片就见了报。”

我想象着当时的情景。

他对我说，在她被白色布单盖住、抬走之前，他看到了她的样子。河水浸湿了她的校服和头发，紧闭的嘴唇已经毫无血色，但脸上看不到丝毫痛苦。“当时我的第一反应不是她已是一名死者，而是她很美。就像我之后去甘肃戈壁，首先想到的也不是黄土之下曾经埋葬的累累尸骨，而是那里真的很美。”他像是长吁一口似的说道。

听到他的话，我忽然感到一阵强烈的不适。我感到脚下的每一块石头都是松动的，每一道缝隙里面都隐藏着未知的危险。

大货车在我们身后上方的公路咆哮着，横冲直撞，地面也随之颤抖，似乎铁了心地要把千斤重的黑夜撞出一道口子。

十三

我对捕蛇人的工作已经非常厌倦了。现在，我对蛇已经没有恐惧，就连新鲜感都消失了。想想看，当你每天都与蛇打交道，把它们一条条放进塑料桶中，或是用手把它们提起来，掐住那细长而滑腻的身子。每天都是这些重复的事情。我的心中已毫无波澜，更多的是一种恶心。在这个漫长、炎热的雨季，我不得不接受一件事：蛇永远也捕不完。它们永远会出现在每个角落里，城市的土地之下将永远隐藏着错综复杂的蛇穴。我真的已经疲惫不堪了。

我和老墨变得无话可说。自从那天晚上之后，我俩几乎没再说过一句话，有的只是必要的没有感情色彩的日常交流。我也不知道是怎么回事。我们小心翼翼地在房间里走动，生怕引起对方的注意。我们也几乎没有眼神交流，不小心对视时总会立刻避开目光。

整个捕蛇队都陷入了沉闷，失去了最初的热情。没有人辞职，毕竟这年头工作不好找，很多人在进入捕蛇队之前都经历了长久的失业。我们默默地掀起草皮，挪动石头，检查每一片阴影，拍打垃圾堆，探察阴暗、潮湿的角落与缝隙。我们的动作变得迟缓，因为脑子里在想着别的事。有人由于对工作的轻慢而付出了代价——就在一个中午，我听到身后传来一声尖叫。

一个队员连连退后，接着跌倒在地。他举着自己的左手，右手紧紧地攥住手腕，仿佛那只左手已不再属于他。我们急忙围拢过去。刚刚，一条躲藏在灌木丛的白蒙蛇迅速袭击了他，而那个受伤的队员因为天气太热没有戴手套。阳光中，我们可以清楚地看到他手掌上茂密的汗毛和几个大且深的牙印。

随行的医务人员立刻赶来，为他做紧急处理。他不知是由于恐惧还是疼痛，发出钻心的叫喊。我们不忍再看，转过身去，面对着明媚阳光下翠绿的草地，一时间都不知要干什么。

我觉得日子就要结束了。当每一段日子面临结束，空气里的味道和天空的颜色都会不太一样。夜里，我做了一个奇怪的梦，我梦见自己漂浮在水面上，像一截浮木，顺流而下，身体轻盈。水流轻柔地托举着我，云朵和星辰在眼前流转。岸两旁偶尔会有钓鱼的人，可他们对我视而不见，在我身旁抛下长长的钓钩。我就这样漂流着，不知过了多久。我希望可以一直这样下去。

醒来后，我感到口渴难忍。我瞄了下电子表，刚刚十一点半。老墨也睡着了。是啊，两个相对无言的人，又无事可做，连睡觉时间都提早了。我刚想继续睡，却听到门外有细微的响动。我想到前几日有市民在厕所里发现了白蒙蛇的事，是从下水道钻出来的。于是我立刻下床，查看情况。我看到一张复印纸正从旅馆门缝底下慢慢塞进来。

我来不及找拖鞋，拉开了门。

门外站着一个穿蓝色僧衣的小沙弥，头发剃得短短的，紧贴头皮，大概十三四岁的样子。见到我既不惊讶也不慌张，而是双手合十，用一种成年人的强调恭敬地说道：“少安毋躁，明日我会再来。”接着转身离去。我愣愣地望着他的背影消失在长廊转角。我捡起那张复印纸，回到房间。老墨依然在安睡，黑暗中不时传出几声含混不清的鼾声。

十四

第二天一早，我和老墨下楼，果然看到昨晚的小沙弥正坐在大厅的沙发上玩手机。我们放低脚步走过去，小沙弥立刻将手机放在茶几上，从沙发起身，冲我俩施了一礼。“不好意思，”他说，“打扰到二位了。”

“没关系。”老墨上下打量了一番眼前的小沙弥，沉默片刻，从手提包里拿出昨晚那张报纸复印件，“这个，是你昨天塞进我房间的？”

“是我。”小沙弥说。

“为什么？”老墨眯起眼睛，这副表情使我再次想起那个演员，在电影里，只要遇到一些需要冷静思考的情节，他也会露出这种表情。“你为什么要这么做？”老墨的语气加重了。

“不是我。”小沙弥微笑道，“我只是代劳。”

“那是谁？”老墨将报纸复印件认真地对折，放回手提包中。

小沙弥看了看老墨，又看了看我。“如果二位没别的事，”他犹豫了一下，似乎突然想到了什么，但很快将那个念头抛之脑后了，便接着说下去："如果二位时间允许，能随我去一个地方吗？"

这是个难得一见的晴朗天气。连日来的雨仿佛榨干了最后一片云朵，天空湛蓝而空旷，月亮还残留着影子，好似一处淡淡的凹痕。树枝上挂满了亮晶晶的水滴，晨风轻轻一摇就相继落下，打湿人的头发和鼻尖。小沙弥在前方带路，但很不专心，总是会被沿途的事物吸引：鸟，蝴蝶，墙上的标记，一只打碎的罐子……于是我们只好走走停停，等着他收回心来。他总是会抱歉地吐吐舌头，说："咱们继续走吧。"

上了公交车，我和老墨坐在一排，小沙弥坐在前面。我盯着他青色的后脑勺，随着颠簸微微晃动。簇新的阳光透过车窗打在他身上。有时他会侧过头，看向窗外的景致。阳光将他少年的脸庞照得晶莹剔透。

车子是开往北城山区的。

我们在终点站下车，继续沿盘山路往上爬，寺院便出现在山顶上。寺院不大，步入山门，一眼望见的就是大殿。殿前有一只水缸，里面养着几条金鱼，还有几株盆栽的莲花。青石地板干净而平整，踏上去给人以心安的感觉。

寺院建在北城山区的一座山峰上。老墨左顾右看，样子像是一名游客。他问小沙弥："寺院里见到过蛇吗？"小沙弥点点头："经常见到。昨晚在大殿的佛像前就发现一条。菜园子里更多。"老墨问："没伤过人吧？"小沙弥说："暂时相安无事。"

绕过大殿，后面是一排禅房。小沙弥先请我们留步，他推门进入其中一间，又迅速将门关上。老墨抬起头，望了望天空，说：“真他妈蓝啊。”

门再次打开。这次小沙弥招呼我们进去。

禅房内光线昏暗，空气中弥漫着中药和通风不畅的混合味道。房间四四方方，只有几件最简单的家具。小沙弥站在床边，床上躺着一个和尚，看起来三十多岁，瘦得皮包骨头，眼眶深陷。虽是夏天，他胸前仍然盖着毯子。此时，他正靠在床头的枕头上，面无表情但目光和善地注视着我和老墨。

“这是教如师父。”小沙弥说。他从墙角搬来两只木板凳。教如露出一丝虚弱的笑容，示意我们坐下。

窗外有不知名的鸟儿在叫。老墨拉开手提包的拉链，拿出那张从中间折叠的报纸复印件，展开，像是电影里出示搜查令的警官一样，对教如说：“这个你应该认识？”

“是我印的。”教如师父说，“寺院里有复印机，平日里会打印一些文件，很方便。”

“报纸你从哪儿找的？”老墨愣了愣，问道。

“那天的报纸我一直留着。”教如说。

“你把我搞糊涂了，”老墨摇了摇头，“你到底为什么这么做？”

教如微微探身，仿佛想要侧耳倾听什么声音。然而只有一片沉寂，连鸟儿的鸣叫也停止了。他困倦似的闭上了眼，又睁开。一束光照在禅房的窗棂上，在地面留下放大的影子，似乎正在不经意间缓缓移动。

“二十年前，我们见过面。”教如平静地说。

“什么？”

“应该说，是我见过你。”教如说着又闭上了眼，“那天江边的人群里，有一个小沙弥，但你应该没有注意到。”

“那天……”老墨紧紧地盯着教如的面容。

“我还记得那个夜晚。”教如睁开眼，眼中却没有实物，只是虚空。他似乎正在浸入某段久远的回忆中。他的喉结上下活动了几次，好像说出的每一句话都要耗费极大的气力。

十五

我从小体弱多病，父母带我去医院检查过，也没查出个所以然，只是开了不少药。家里条件不好，实在负担不起，母亲便把我送进了山门，一来可以减轻家里负担，二来在山林中对身体有益，而且在寺庙中修行还能够积累功德，可谓一箭三雕。那时我六岁，之后他们外出打工，我就再也没见过。

由于我年纪尚小，又体弱多病，师父、师兄们从没让我做过太繁重的工作。他们都是极其善良的人，担水挑粪的活儿从不让我干。平日里我只要干些类似扫地、擦桌椅和抄经书的工作。还有菜园子。如果说真的有些费力的活儿，那就是照顾菜园了。不过我喜欢这份工作，我喜欢看着蔬菜从泥土里长出来，一点点成形，最后成熟，成为全院师兄弟的食物。我喜欢看着他们吃这些我培育出来的植物。

比起动物，我更喜欢植物。不知道为什么，从懂事起，我就能感受到动物的痛苦。有一次我在菜园里发现了一条白蛇。它盘踞在菜园的一角，懒洋洋地盯着我，动作缓慢。这应该是一条上了岁数的蛇。据说蛇最多只能活二十年，我想，它应该已经到了晚年。它已经吃不下老鼠、鸟类这样的动物了，衰老的身躯也根本追不上。现在，它只能以烂菜叶为食。我走近它，蹲下身，将它覆盖在我的阴影里。可是它一点也不害怕，甚至还闭上了眼，似乎在等待什么。我站起身，从厨房里取了一点剩白菜放到它面前。那时，我清楚地感受到了它的痛苦。那种痛苦究竟是什么我无法形容，如果非要我说，只能说是“身为蛇的痛苦”。

在很多动物和人的身上，我都能感觉到类似的痛苦体验。山涧飞过的鸟，经常被爱抚的狗，还有在江边嬉戏的孩子，尽管一切看起来很美好，但我还是能觉察出附着于身的痛苦。这痛苦与生俱来，是生命的本质，外在的欢愉不过是暂时的假象。佛说“诸受皆苦”就是这个意思。

而我的痛苦，正是由于我能感受到那些本不属于我的苦。我不知道是怎么回事。我尽量避开活物，只与植物为伴。在植物的周围，我感受到的是安宁，无乐无苦，因为植物没有意识。它们本身从泥土中长出，最后又复归泥土。而我们则是从同类身体中出生，从开始就担负着同类遗传下来的意识之苦。

这些话我不敢跟任何人说，因为我了解同类之苦，无法信任他人，更不能信任自己。不信他人，是因为我不信真有人能解答我的困惑，所以我们才祈求于千百年前的经文、佛祖、传说，而不是眼前活生生的人。不信自己，是我不信自己能准确地说出我的困扰。没错，即使是现在，我也无法确定自己是否真的能搞懂这些念头的确切意思。人生出的每一个念头都是可怕的，细究下去，你会发现一个全然陌生的自己。或者说，那个陌生的才是真实的自己，而你所认为的自己，不过是替代品，是表象，或干脆是异质之物。

我就这样在寺中生活了八年。我记得那一天，我十四岁的生日。师兄弟们都睡下了，只有我一个人留在菜园子里。明月高悬，石板上映照着清辉，如一层白藓。夜里，我可以听到泥土汲水和植物舒展的声响。可我的内心无比苦闷。想到我已经尽量远离人群，却仍然感受到诸般痛苦，我顿感前途无望；想到我心怀戒备，谁也无法相信，我就羞愧不已。我感到自己实在是悲哀，还有何颜面活于世间？这么想着，我离开菜园，向山门走去，准备外出找一个隐蔽的悬崖，一了百了。经书上说，自杀之人不但于事无补，不能摆脱轮回之苦，反而还会罪加一等。但那个夜晚，心灰意懒之下我也顾不得那么多了。

就在我下台阶时，围墙那边有奇怪的动静。我知道院墙的一侧有几处年久失修，在雨水连年的冲击下早已坍塌，时常会有流浪狗、流浪猫或是其他山林间的动物翻墙进入寺院内。我朝那边望去，声音没有了。我以为自己听错了，便继续走，谁知声音又响起来，而且比刚才更加清晰——那分明是人的脚步踏在枯枝上发出的脆响。

“谁在那里？”我立刻警觉起来。据我所知寺院里很少来小偷，毕竟行窃寺院有损功德，况且也实在没什么可偷的。

果然，一个身影渐渐从夜色中浮现出来。令我没想到的是，那是一个穿着白色校服的女孩。她的脸和衣服上尽是淤泥，像是在泥潭里刚刚跟人扭打过，整个人脏兮兮的，但却开心地冲我笑着。

十六

女孩拍了拍手上的尘土，站在我面前。

毫无疑问，她是从院墙的豁口爬进来的。我们彼此对视，一时间找不到该说的话。我见到她眼神中闪烁着某种光彩，同时我也感受到了她的痛苦。尽管她面露微笑，可她传递出来的痛苦比我遇到的大部分人更加强烈。

“你是谁？”我问。

她好奇地环视四周，如同一个懵懂的孩子打量周遭既陌生又充满神秘乐趣的世界。她身材瘦削，脸很小，神情里却透露出一股坚毅，仿佛刚刚独立完成了一件大事。或许，是因为她对我没有敌意。

“本来想从大门进的，”她解释说，“可是门锁上了，只能翻墙进来了。”

我想问她到底要做什么，嘴唇动了动，没说出口。她毫不在意地走上台阶，来到大殿前的盆栽旁。那里开放着几朵莲花，暗香浮动。

我的心底已经积攒了许多疑问。比如，她为什么会大晚上的翻墙来寺院？她是怎么来的？末班车早就没有了。我考虑着要不要叫醒师父，让他出面解决，这是最稳妥的办法。但我没有这样做。

女孩观赏了一会儿莲花，接着坐在台阶上。她转过头，对我笑笑，拍了拍身旁的石阶，也让我坐下。我犹豫片刻，仍然站在原地。静谧的夜，夏虫的叫声时断时续，它们整个冬季都潜伏在地底，到了夏天才会钻出来，发出自己的声音。

“希望你不会感到奇怪。”她对我说，“我不想让别人觉得我奇怪。”

“我并没有觉得你奇怪。”我说。

“我从来都没有让别人觉得奇怪过，”她低下头，玩弄着自己的手指，“你会这样吗？如果不小心做了一些让周围的人感到奇怪的事，内心就会非常不安。”

“大概。”我扭过头，看了看她。我们的目光正好相遇。从那一瞬间里，我又强烈地感受到了痛苦，他人的痛苦，重重地压在我身上。

“可我知道自己确实是一个奇怪的人。”她再次露出笑容，但没有看我，“否则你也不会在今晚遇到我了。”

我为什么要在这样一个特殊的夜晚，听一个陌生的女孩讲这些莫名其妙的话？我想起身走开，去做我应该做的事。夏季的夜晚很快就会逝去，仿佛一去不返。

“有时我很想去死。”女孩突然说道，“因为没有人能感受到我的痛苦。”

我惊讶地望向她，而她也正好在看着我。“我会想很多奇怪的事，”她神色严肃，目光闪烁，“比如说，假如我现在死了，那跟我没有活过有什么区别呢？”

“什么意思？”

“如果我现在死了，就像没有存在过，那我现在跟没有存在有什么区分呢？”她托着下巴，像是在思考一道数学题，“总有一天，这个世界上没人会记得我，我就等于完完全全消失了，就跟没活过一样，那我现在活着到底有什么意义呢？”

她陷入了沉思。我想跟她讲讲经书里的轮回之说、涅槃之乐。然而，我脱口而出的却是：“你的父母会记得你。”

“但父母有一天也会彻底离开我。”她说。

“你未来的爱人会记得你。”

“爱人也可能变成陌生人，巴不得忘掉。”她挑衅似的扬了扬眉毛。

“你的孩子、后代会记得你。”

“我不一定会有孩子。”女孩反驳道，“而且就算有后代，几代之后也不会再有人记得我了。”

我竟一时语噎。她笑了笑，不再言语，发出轻微的叹息。月光如同被小石子搅动的湖面，在墙壁上，在青石板上，在我们四周漾溢。

“我会记得你。”我说。说完，我自己都吓了一跳。

她长久地凝视我，像是要把目光印刻在我的脑子里。

“哪怕我不在了，”我一口气说下去，“我也会把你告诉其他人，让有缘人记住你。”

“那我也一样。”她说，“即使我们以后不会再见面，我也不会忘记你。”她站起身，走下石阶，身形雀跃，像一头林中小兽，“就这么说定了，你可不能反悔。”

我双手合十。

她打开门闩，推开锈迹斑斑的山门，径直消失在茫茫夜色中。我在原地愣了好久，如果不是洞开的山门，我会以为刚才发生的是一场梦。她真的如同梦中人物，来得突然，去得也突然，完全不知其来路，连名字都不知晓。风吹过，日出前的某些时刻，山里的气温会骤然变低。我打了一个冷战，活动活动四肢，然后将门闩重新插好。

那时，我以为过不了多久我就会忘记这个晚上发生的事。

十七

“我再次见到她，就是在石头滩上。”教如声若游丝，有几次不得不停下来，叫小沙弥给他端水过来。

“我没有看到你。”老墨说。

“是的，我当时混迹在人群中，但我注意到了你。”教如看着他的眼睛，“我看到你举起相机，拍了好几张照片。人们都看向你，好像你才是那里的主角。”

“你还是没有解答我的问题。”老墨抖了抖手中的报纸复印件，发出哗哗的响声，“你为什么要寄给我这个？”

“你是一个有名的记者，找到你的住址并不难。”教如舔了舔嘴唇，他无论喝多少水，嘴唇总是苍白的。

“之前网上那帮人没少给我寄恐吓信。”老墨冷笑道。

“这些事我不清楚。”教如顿了顿，继续说，“我知道，你很有可能会当成一个恶作剧，你没有必要再回到这里。但一切都是机缘，你来到了这里，并且还找到了我。”

“与其说是机缘，不如说是你的小徒弟不小心。”老墨说，“可是，你是怎么知道我来到这座城市了呢？”

“所以我才说是机缘。”教如第一次露出真正开心的笑容，“给你们培训的教官，曾经是我的师兄，不过他比我小两岁，当时也在人群中，所以立刻就认出了你。他会时不时地上山跟我聊聊天。”

老墨点了点头，“这我还真没想到。”

“至于你最关心的问题，”教如说，“我为什么这么做，其实我在故事里已经解答了。你也看到了，我的身体就快撑不住了，这点我很清楚。如果我真就这么死了，虽说一了百了，却是违反了当年的承诺。”

“所以你就选择了我，作为你记忆的‘继承人’？”老墨突然站起身，俯视着床铺上病入膏肓的和尚。“你知道吗，之后我写过几本书，写的都是一些可能会被彻底遗忘的人。我的初衷很简单，就是希望有人能记住他们。”老墨有些激动起来，“可是我发现，我的文字比他们还要速朽，没人会关注这些书。真正会被遗忘的，其实是我自己。”

教如沉默而安静地看着他。

老墨平静下来。他坐回到凳子上，微微喘着气。“还有个问题，”他垂下头，凝视着报纸复印件上的照片，好像头一次读到这条新闻，“你为什么要费这么大的劲，只是为了跟我说这些？或者说，你为什么要选择跟我说这些？”

“因为我可以感受到你的痛苦。”教如认真地说。

十八

从医院出来，我们直接回到旅馆。

我们去探望了被蛇咬伤的那名队员。他躺在床上，浑身浮肿，戴着呼吸机，已经昏迷有一段时间了。精密的仪器围绕在他身边，不时闪烁着几盏小灯。“没救了。”其中一个有些经验的队员悄悄对我们说。雨季已经过去，暑热开始消散。我们沉默不语地走在回旅馆的路上，拖着自己笨重而收缩的影子。

“我父亲其实一直很愧疚。”老墨在回去的路上对我说，“他说他纯粹是怀着仇恨在杀蛇，而不像别的捕蛇人那样，仅仅把它当成谋生的手段。他说他跟蛇斗了一辈子，到头来却发现没有得到一丁点的轻松。他感觉自己身上就背着一条看不见的蛇，使他没有办法去过正常的生活。他是背着那条无形的蛇在吃饭、睡觉、看电视、结婚、生子……那天他对我说起这些时，我也很惊讶，因为从我记事起，他几乎是第一次在我面前谈起他自己。”

几天后，有害生物防治公司给全体捕蛇人开了最后一次总结会。新闻里说，蛇患得到了有效控制。随着夏季的过去，适合白蒙蛇生存的有利条件也在逐渐丧失。我们的任务完成了。我们这些临时拼凑起来的队伍，也将就地解散。市政府表扬了我们的突出贡献，并给每个人颁发了一张奖状，装在红色硬皮外壳里，像是毕业证书。

临走的那天，我们几个队员聚在旅馆一层的院子里抽烟。一个队员开玩笑地说："妈的，我留下后遗症了，只要看见缝隙，就觉得会有蛇爬出来。"他说完干笑了几声。但没有人回应他。我们盯着阴凉处，陷入了沉默。

我回到090房间。老墨正在卫生间洗澡，我开始收拾东西。这时，我无意中瞥到老墨敞开的手提包，最上面一层露出那张报纸复印件的一角。鬼使神差地，我过去把报纸复印件掀了起来，发现在复印件下面，有一个用毛巾仔细包起来的东西。我拿起那个小小的包裹，解开毛巾，里面是一个椭圆形的鹅卵石大小的东西。

那是一枚还未孵化的蛇卵。

老墨哼唱的歌声从卫生间断断续续传来。我将它重新用毛巾包好，放回手提包。我收拾好了东西（本来就没多少），下楼到旅馆前台退卡。

"对了。"离开前，我突然想到了什么，便问旅馆前台的服务员，"为什么我们住在二层，门牌号却是'0'开头呢？你不觉得奇怪吗？一般来说应该是'290'之类的……"

前台的两个姑娘听着我喋喋不休，目不转睛地看着我。我停下来，发觉她俩长得有点相像，个头也差不多，像姐妹俩。

而我说了这么多话，真的有些累了。

直到我转身离开，这“姐妹俩”什么也没有说。她俩只是捂住嘴，轻轻地笑了起来。

李唐，1992 年生于北京；高中写诗，大学开始小说创作；作品发表于各大文学刊物，出版有小说集《我们终将被遗忘》，长篇小说《身外之海》；曾获第四届紫金·人民文学之星中篇小说奖。

倾　巢

张秋寒

大部分人都戴墨镜或口罩。

曹鸿志看了她一眼——就算他戴着墨镜，燕歌也知道他是看了她一眼的。她希望那是对她“神机妙算”的佩服，不是怀疑或深思。

之前，他们走在门外那条潮湿阴暗的走廊里，以肉身切割着门缝中透出的一道一道断续的光时，曹鸿志最后一次和她商量墨镜的事。他觉得幽闭的环境里戴墨镜反而引人注目。燕歌坚持己见，说到这里来的人肯定都戴。

“我还是戴着。你戴不戴随你。”

在他们的对话中，一旦她表现出随意的态度，不管了的声气，他就还是听她的。曹鸿志不会因此难为情，好像丧失了男人的尊严。相反，经过了最后争取，不管是成功还是失败，他都问心无愧了似的，并把“不跟女人为小事计较”当作绅士风度。

一起等待的还有另外两对夫妇和一个单身女人。只有其中一个略有些年纪的太太没有采取任何遮挡容貌的措施。她生着圆饱饱的脸，眼睛清亮有神，抿着的嘴向两侧稍提，这使她的梨涡保持着，显得亲切和善。整个人充盈着健康的活力。她和丈夫小声说话时口音有些重，装扮也稍稍落伍了点，但那不对劲的尴尬的服饰搭配也一定是她为了来到这地方而准备了很久的。拥有此类面孔的女人在乡下地方是很多男人择偶的首选。大家都说她们有福相，旺夫，善于勤俭持家，能把日子过得红火。

燕歌的祖母去世时，几个女眷围拢在一起叠元宝。燕歌母亲说：“凭良心讲，老太婆一辈子没有对我狠过一声。”马上就有人说：“是你对她好。”燕歌母亲说：“对她好也是真的，主要是我结实。我到燕家来，做了多少事啊。她看不得闲人。筠子就比我受罪。你们晓得的，一向就说她饭也烧得不中吃，衣裳也洗得不干净。生细伢子的时候，命都要送掉了，奶不足还要听她说一篮子难过话。”筠子是燕歌的婶母，奔五的人了还瘦得很，眼底常年波光粼粼，是老派文人惯会写的那种美而凄苦的女人。

燕歌看这妇人很像她母亲。可以说看着就是做母亲的料。

但没有办法，她们到底也在这相逢了。

独自前来的单身女人似乎等得有些着急："她还来不来啊。没听说过哪一家做生意还要叫客人等的。"

格子间里一脸痤疮的专员探出脑袋："蒋主任她们已经在路上了，麻烦您再稍等一下。我再给您加点水吧。"

"不用，你们这连卫生间都没有，还要下楼呢。"也娴熟得不像是第一次来。

寂静中，一直不说话的那对夫妇中的太太腾地站了起来，快步往门口走去。她的男人紧跟着大喝了一声："你走走看！走就离！"女人的步履卡顿了两三秒钟，还是走了。估计她挣扎了很久，也早已拿定了主意。这两三秒不是犹豫，是被她丈夫洪亮的嗓门吓的。关于来不来的问题、来不来和离不离婚的因果关系，他们应该讨论了很多次。就如她和曹鸿志讨论要不要戴墨镜一样。

男人也走了。他走了没两分钟，蒋凤仪到了。"不好意思啊各位，路上有点堵。"

大家的目光都不在这个半老徐娘的身上。她的身后，那黑洞洞的门外，有两三缕倩影飘忽地闪过，是芬芳的橘子汽水被拧开瓶，刺溜一声，众人的心都被这些年轻的女孩子们带走了。

其中跟燕歌和曹鸿志有关的女孩子叫杜鹃，二十一岁，安徽人，纺织职业技术学院在读。

四月天了，女孩子还裹着一件厚墩墩的大衣。毛呢的属性是粗糙温暖的，她白皙秀丽的脸则被映照出瓷器般光洁清冷的质感。眼睛叫茸茸的睫毛盖住了一半，流出倦怠的气息。

这是幢八十年代末期的建筑，布局极不合理。走廊上半扇窗户都没有，房间里却都是大面积的落地窗。从黑暗一下子转入极度明亮的环境叫人不安，像是被拉出来曝光。杜鹃不停地有一些摸膀子或是抠指甲的小动作。

“聊聊吧。见面不就是互相了解一下的吗？”蒋凤仪抱着双肘坐在一旁笑着，像要看一场热闹。

曹鸿志就带了个头：“你不热吗？”

“我怕冷。”杜鹃说。

“怎么了，生病了？”

“不是。从小就这样。”

蒋凤仪插了一句：“没事，我们后面会安排体检的。”

气氛又冷了下来。仿佛这是句很扫兴的话，又像是这时候就已经坐在了禁止大声喧哗的医院等待体检。

“你们能不能把墨镜摘了。”杜鹃说。

墨镜戴得久了，人会忘记自己还戴着墨镜这回事。单方面检阅他人，燕歌有过一瞬的理亏之感，很快又振作起来：“大家还是不认识比较好吧。”

“你们现在不是认识我了吗？”

曹鸿志又带了个头拿掉了墨镜。燕歌跟着也拿掉了，几乎是丢盔弃甲地——因为在她没拿掉之前，他们三个人几乎是同仇敌忾地望着她。她长久以来对曹鸿志不绝如缕的恨意又飘荡开来了。

燕歌的眼帘低垂下来。眼睛已脱离墨镜的保护，她不能毫不设防地和他们对视。正因这样的回避，她没能看到杜鹃的神色——像童话里的公主敏感地被几十层褥子下面的豌豆硌到了，更不可能发觉杜鹃那蜻蜓点水的目光后来频频地向她蘸过来。

她们确实很像。

要不是见到本人，燕歌会怀疑照片带来的“另一个自己”的感觉只是某些巧妙的角度作祟——约在咖啡馆选人的那个傍晚，夕阳照得人有些不舒服了，燕歌欠身闭合了百叶窗帘。蒋凤仪搁下杯盏，合起相册：“就这一个吧。我看也像。”之前在微信里聊了那么久，蒋凤仪始终不肯发照片电子档给她，说这是规矩。燕歌倒高兴，做没有原则的事讲点原则比较不容易出纰漏，令她觉得自己也是安全的。纸质相册就是在大庭广众之下示人也没什么，外人只当是婚介。蒋凤仪的相册有东西南北中五个单元。燕歌不无讽刺地夸她业务拓展得更远了。蒋凤仪说是顺应时代潮流和客户需求。有人就喜欢新疆人那种立体的骨骼轮廓，还有的男人个子矮，指定要找内蒙或东北女孩子来改良。选完了，燕歌起身告辞：“我还是要再交代一下……”未及说完，蒋凤仪就接道：“不会说的。我告诉他我又有什么好处。你跟这个女孩子也千万不要说什么，弄得人心惶惶的。你做不成，我也做不成。”

曹鸿志对杜鹃名字的真实性提出了质疑。

挂着奇异的神色，杜鹃说：“没必要骗你，也没必要把身份证给你看。事情一了结，大家什么关系都没有。真名假名都不重要。”

坐下来听杜鹃阐述名字的由来是签完协议一周之后的事了。燕歌本来是去剧院给刘百灵捧场的，时间记错了，早到了一个小时。到后台化妆间找她，一个脸上刮了层腻子，惨白可怖的男演员从暗处走来：“她今天只有下半场的戏，肯定还在家喂奶呢。”

前台时不时传来一两声话筒试音的锐响。道具箱零乱地堆在过道里。化妆镜蒙着厚厚的尘，使用的人擦出一小块，只够照着涂口红。外卖、汗液、霉菌、粉饼，以及刚做的演出服那种新鲜的布料味混合在一起。一切看上去很矛盾，又萧条，又富有生机。燕歌一面往外走，一面给刘百灵打电话。这个时候她看到了杜鹃。她穿着一件红色的马甲，端着一摞叠加在一起的塑料方凳从过道的那一头走来。逆光，加上杜鹃的步态和缓，为她打底的黄昏也夺目，这情景看起来便很隆重，甚至神圣。燕歌想起小时候，他们全家还生活在镇上，大雪漫天的新年，父亲捧着一颗猪头敬祖先敬土地。

杜鹃还没吃饭。燕歌说她急着来看演出也没吃好。她带杜鹃光顾了一家印象中门可罗雀的西餐厅。

“他们的服装全在我们学校做。我们就给他们做志愿者。”杜鹃并不擅长用刀叉，吃意面时她召唤侍应生，问有没有一次性筷子。

燕歌只吃了两朵西兰花。曹鸿志出差去了，她晚上吃了一大碗炒饭。“你今年毕业？大专一般三年吧。”

杜鹃一本正经地搁下餐具，严肃声明：“转本成绩十号下来的，我比分数线高了将近二十分。通知书最迟下个月底肯定能收到。”她是自信，曹鸿志倒连这个大专的学历都有看法。他们和蒋凤仪谈价钱，蒋凤仪一分不让。曹鸿志说：“我晓得她是学生还是鸡？现在是个猕猴桃都假模假式贴个英文标签冒充新西兰进口。”蒋凤仪笑道：“鸡不缺这口米，学生就不同了。就今天上午，一个学生还联系我。她们整个宿舍准备一起出动。”

与本科生的价格失之交臂，杜鹃止不住地义愤填膺。蒋凤仪告诉她，空口无凭，客户只认有效证明。如果单独为她特事特办，开了绿灯，落实本科生才能享受的待遇，他们后面的工作就没法做了。

别的燕歌看不出来，杜鹃的记忆力显然不错。她是在彻头彻尾地复述蒋凤仪的话。这种口吻不会是学生的原创。刘百灵打听过的，化名“蒋凤仪”的这个女人如果真是二院执掌妇产科近十年却一夕之间莫名辞职的主任，那她做这个营生完全对口。她们倒不是出于八卦的心理才检索她的来历。她能有这样的资质，她们就踏实多了。固然不是她亲自动手，但这怎么也比一个从前做柜姐或者卖盐水鸭的女人来为她们操作要强得多。

杜鹃的手机响了。屏上显示一个“弟”字。接听后，她不说话。那边说完了，她说了一个“好”字，挂了。

"你还有个弟弟？"

杜鹃不作声，良久方道："不为他，也没有这台戏。"

燕歌想着，她的弟弟应该还小，总不至于是到了婚龄娶媳妇要用钱，只能是读书。她不打算问了，杜鹃倒有了谈兴。任何兴致都是和暖饱有关的，人穿得舒适，吃饱了饭，肉体服服帖帖的，精神的交际才好开展。杜鹃说只有她能救弟弟了，她爸她妈，她奶奶，都不主张弟弟再读书，要他跟着爸爸学做木匠。

"我说你别急，我给你筹钱。他问我哪来的钱，我说我有奖学金。"杜鹃拿着叉子在瓷盘上就着那一堆残余的番茄酱画圈。"他很聪明的。换成是他肯定能拿到奖学金。"

燕歌说她头一回听说在上学的事上先紧着女儿的。

"他们也不傻。出来了才能嫁得好。邻居家就是，女婿从上海开着清一色的奔驰来接亲。"她爸肩周不好，过年她给家里买了台按摩椅。他们可能以为她上了路子，结交到像样的男朋友，就借弟弟上学的事倒逼她拿钱。"我做三份兼职我告诉谁去。那天我跟舍友开玩笑的，我说我不应该叫杜鹃，应该叫乌鸦。等我离了巢，能飞了，就要回去反哺了。"实景顿时在燕歌面前勾勒出来：一对中年夫妇在皖南乡下那种阴凉深邃的古老堂屋里一左一右正襟危坐，过度担忧子欲养而亲不待的悲剧发生，急不可耐要量化亲情并连本带利提前支取。

杜鹃说她的名字是她舅舅起的。舅舅是家族中最有文化的人，做过文工团的团长。当时有一出样板戏叫《杜鹃山》，他的班底曾经带着这出戏到北京参加会演。舅舅见到了有生以来最大的世面，也认识了许多业界的朋友。其中有一个湘剧团的团长，后来辞职下海去北京成立了文化公司。舅舅在他再三的劝说下办了停薪留职，到北京加盟了他们的创业计划。没过两个月他就回来了。他说他住不了地下室，路人的脚在他们的窗户上走来走去叫他难以忍受。

十几年之后，那个公司有了股票代码。与此同时，文工团撤了编制，舅舅被安排到经济开发区工作，每天和一堆杂七杂八的报表打交道。刚开始的时候，他只能把那些凌乱的数据想象成简谱，把键盘想象成笛孔，在下了班人去楼空无边无际的暗夜里，把巡视保安手中的电筒想象成舞台前方的追光，他的工作热情才能勉强保温。

同事们得闲会起哄让他来一段，他向来不拿乔，从《智取威虎山》唱到《沙家浜》。唱完了，大家也鼓掌，也叫好。他看得出来，那些酒足饭饱慵懒散漫的眼神很难称作对艺术的欣赏，至多是取乐，他们只拿他当一个戏子。在哪个同事招到大项目，为自己换得大好前途的时候，他们才会显现出敬佩或艳羡之情。

舅舅也是被分配了招商引资的任务的，但除了那个湘剧团团长他实在不认识什么大亨。到了北京，下火车去往位于建国门的集团总部倒是不算远，只是前台听说来意后严格履行访问程序，叫他等了很久。他局促地坐在大厅里，看着那些预约过的宾客一波一波地被引入电梯间。直至近午，一个助理接待了他，说有什么事跟她说就行。他把情况大概说了一下，也提到了和董事长从前那一点点微薄的交情。助理说知道了，会跟董事长汇报，让他留了个号码。他问助理能不能跟董事长打个电话，助理义正词严地强调“我会跟他汇报的”。这时董事长恰巧来了个内线电话，他情急之下一把夺过来，用一种拦路告御状的心情说道“某某人你好，我是某某某”。他觉得这形景悲壮极了。

电话那端传来惊喜的问候，半小时后，董事长专车驱至。见到他的那一刻，舅舅释然了。招商引资的都算了，他能向大厦里礼貌又倨傲的人证明，他是可以见到他的，他的心意也能平了。

碟光杯影里，董事长遥想当年，娓娓之间举杯祝友谊万岁。舅舅朦朦胧胧就要信以为真，助理打量穷亲戚的神色一闪而过，他才涔涔地醒了。

董事长说公司最近的资金主要都用到东京和悉尼去了，想周转太多出来不太现实。他答应舅舅，下周他就开会，保底五千万，争取破亿。

舅舅怔怔看了半晌，深知一切都来不及了。他鼓励他所有的后辈都努力飞出去，没法落脚就睡在北风里。

杜鹃和燕歌商量好了，去打针手术之前，她会把实时定位打开，以防蒋凤仪没收她们的手机。

“你真想好了？”燕歌明白，不用再把那些风险拿出来说了。积水的、大出血的、不孕的、致癌的、死的……网上层出不穷的报道，人人都看得见，却屡禁不止。燕歌想过拿一点私房钱出来帮杜鹃一把，曹鸿志铁了心是要走这条路。他怕再不做打算，以后送孩子上学会被当成爷爷。他们放过杜鹃，总要再押其他人上刑场。她会听到另一个苦涩的故事，总不能无休止地做慈善。

杜鹃斩钉截铁："没情况的话我会想办法跟你说一下，不联系你就说明出事了，你帮我报个警。"

蒋凤仪什么措施都没有采取，一辆商务车上的七个女孩是听着歌刷着微博到达目的地的。蒋凤仪说："我家跟别人家不一样，你们要拍照要发送位置随便你们，反正真出了问题大家难看。"她对她们知根知底，这个历史光彩不到哪里去。

上下铺六人一间，短效针一天打三次，七天后按身体状况挨个手术。那个口罩后面嵌着一对黄隐隐的眼仁，看人很短促，像是可以拿眼神一枪毙命。蒋凤仪声称他旅泰多年，经验丰富，让大家不必担心。她们还是会听到各种音色各种频率的号叫，局麻过后甩干脱水般成套成套的呕吐声，回到床上蚕丝吐尽的细弱呻吟。

燕歌收到杜鹃的消息——我很好，无任何不良反应。明天手术。

凌晨三点多，燕歌起来上了一趟卫生间。坐在马桶上，小便缓缓地顺着边沿流淌，本就微末的声音被臀与腿掩埋着，更加静谧。她不知道杜鹃怎么样了。保不准是骗她的，多多少少总要有些不适。

她梳了个头，睡衣都不换就下了楼去。

地图上显示的是江边的一座村子。车流稀少的时段，个把小时就可以开到。一路向北，楼越来越矮，深蓝的天如同水在卫生纸上渗透，渐渐扩大。灯火也稀了，天和地混沌地连成一片。从外环下来，驶向郊外，道路两边出现农人们收割的菜籽秆，还有一些白星星的细碎肮脏的点子，是晒鹅毛的痕迹。换个地道的城里人再也不能这样一望便知。她同情她，说到底是同情自己。如今过得好些了，她的付出反就真成了彻彻底底只出无入的付出。嫁给曹鸿志算不得什么重见天日的好事。他碎嘴的母亲，神神叨叨又蚂蟥一样贪婪的前妻，他自以为是的那点半吊子的知识，驾临在她身上时险些就要杵到她脸上的肥肚子，还有换了枕套不超过三天就覆满床头的脑油味……平心而论，她没有落到他多少好处，至多也就是留在这个城市，这没什么意义。徐同鹤一走，她是漂泊到北上广去，还是打背包回老家，全无分别。

从初夜，她再挣扎，徐同鹤也像雪天里的豹子找到了避风的山洞，袅袅的温泉，怎么也不舍得撤退；到后来，钳夹、扩张器、吸头依次进入她的身体，类似于橡皮拔子吸堵塞的下水道，负压设备吸着小小的，面目模糊的孩子。几次三番的剧痛全因他而起。她成了包肉圆前那一盆斩得粉红烂烂的肉，又被推进滚烫的油锅里继续烹煎。徐同鹤走后，刘百灵对她说："天诛地灭了吧，让你不把自己当回事！"刘百灵吃苦受罪，全要今朝有酒今朝醉地兑换到自己身上。首饰、衣服、护肤品，哪怕一罐小小的指甲油也叫她快活。

车子开过集镇，上了往村子里去的路。

燕歌只意识到自己在开车，具体要做什么她一无所知。去陪杜鹃过这一关，或是仅仅再看她一眼——其实她们已约定好，不再见面的，这对大家都有利。

她一脚刹车停住了。

路边有一座拱桥，桥那头一灯如豆的铺子里，一个老妪正往炉中搛炭。这是她的铺子，也是她的家。她这里有稀饭、茶叶蛋、正宗的黄桥烧饼，还有新包的粽子。粽子有红豆的、蜜枣的、咸肉的。她说：“姑娘啊，我眼睛不行，你自己拿。红线扎的是枣子的，白线扎的是纯素的。”老妪看上去要有八十多了。皱密斑多，小臂的皮松弛得可以当抹布。她穿着一件蓝底白花丝纱质料的褂衫，脚上趿着一双儿童或少女才会穿的粉红色的兔耳凉拖鞋。

明明是初夏，天倒迟迟不肯大亮。稀薄的暗蓝笼罩着，门外是寂寥的碎沙子路。桥影森森，河没有流淌的动静。老妪手里摇着一把四分五裂的蒲扇，就这么坐在燕歌旁边看着她吃——说是盯着她吃更准确。那双老去的眼睛氤氲不清，像拔去飞镖后的盘上残留的窟窿。

“您去忙吧。”

“我不忙。我陪你坐坐。有蚊子呢，我帮你吆吆。”

“您今年多大岁数啊？”

“你看呢……我六十八了哎，个个全说我精神好，看不出来。”

起初还以为嗡嗡的是蚊子，靠近了才听出来是马达。对岸，离燕歌停车处不远的地方出现了一辆机动三轮车和一辆皮卡，都没开车灯。两个司机轻快地跳下车，配合院门里走出来的人往车斗里上货。二十来个纸箱很快整齐划一地码好了。

“有大雁、鹈鹕、皇鸠……全是野的。多呢，想吃什么有什么。有人要吃鲜的，有人要吃咸的。过年的时候腌，腌好了冻起来，慢慢卖。家里放上几十台冰柜，夏天老跳闸。有的不光能吃，毛也值钱，专门有人来收。一大家子都发死了，城里几套房子在手。”

喉咙像是叫糯米粘住了，燕歌不停地喝稀饭汤，不停地咽。

“你怎么都知道。他们这不是很低调么。”

“嘁！什么瞒得过我！酒箱子装的是白鹭，烟箱子装的是天鹅。一三五走省道，二四六走高速。保护他们的两个干部，一个是老同学，一个是表姐夫。”

手术完成和返校这两个节点，杜鹃分别发了消息过来报平安。燕歌也根据顺时进度把情况反馈给杜鹃。中间出现过一次小的波折，曹鸿志沉不住气，咋咋呼呼地发牢骚要找蒋凤仪退款。燕歌最看不上他这副样子，但问题毕竟由她而起，他瞒着两头的老人，承受着外界的压力，她不好对他再说什么重话。

“这个钱我马上给你。你就别管这事了。”听见这话，曹鸿志气得住到了公司去。

一周后，他母亲给他打了个电话，他兴奋地会都等不及开完就回来了。他母亲正在厨房里煨骨头汤，燕歌躺在摇椅上听着电视假寐，茶几上放着医院刚出炉的化验单。

曹鸿志叭儿狗似的趴在她身边：“医生说什么了没？”

燕歌闭着眼，不搭他的腔。一刻钟前，她给杜鹃报喜。杜鹃回了个被命名为“恭喜”的表情，两只喜鹊在枝头上下跳跃。她当时有点失落，杜鹃是一个烧好了一桌子菜的钟点工，布置完餐具后屏退一旁看着他们推杯换盏大快朵颐。她明白这感觉。

她那从灌木最深处的颓怨的浆果叫杜鹃的话催熟了。

杜鹃说：“那现在我们是不是可以互删了。”

这也是约定的一部分，她知道这很有这必要。

发展到这一步，她早已不觉得是在和曹鸿志一同砥砺前行。携手并进的是她和杜鹃，是她和她自己，是依稀的过去和杳渺的将来。

删除杜鹃前，她把聊天记录翻到最顶上从头看起。总共也就几十行字，对话框面积最大的那两段是她们在聊蒋凤仪那边的其他人。

“有个女孩，比我还小一岁，蒋说她从三年前就开始了，每年都来找她报道。”

这并不能使燕歌惊讶。和孔雀比起来，她们还不够茹毛饮血。孔雀是一年好几熟的热带农作物，疯狂，野蛮，却沉默。孔雀的事迹却是南北两极茫茫的雪野，冰冷空旷，无人问津。

据说索债的人堵到孔雀家，知道她拿不出钱，叫她从此跟他睡。

孔雀倚着门框抽烟，不说话。

那些人当场剁掉了她父亲的小拇指。它活泼地弹到了她的裙摆上。自上而下的一道红痕以枯笔结尾，有了邪魅而高妙的笔意。他们说："你他妈本来就是干这个的，别给脸不要脸。"她父亲蜷缩在地上，抽搐着哀求："把我两个手都砍掉，以后就赌不成了。"

孔雀掐灭了烟："我给你写个条子，钱我分三次还给你。"她找到了蒋凤仪。蒋凤仪说不是想多做几次就能做的。她叫孔雀先做一次看看。孔雀不是学生，又在 KTV 里上班，蒋凤仪不放心，体检时除去常规的传染病又额外加了好几个项目。

结果一出来，蒋凤仪从头到尾快速地浏览了一下妇科的检查记录，又从头到尾快速地浏览了一下孔雀，果断拒绝："不行。你这种情况我不收的，你自己处理好了再来。"孔雀转身就走，半小时后回来了："好了。"蒋凤仪的记忆中，那一年里孔雀来了三次。她学历低，社会身份复杂，价格很低。第三次过了大约一个礼拜，蒋凤仪买菜回家的路上远远望见一个蜂团般黑乎乎的人堆。她走过去，架好自行车，踮起脚透过无数的脑袋和脖颈张望着——地势不平，孔雀的血浩浩荡荡地流淌开去。衣服很严密地包裹着她，除了脸和手，再没有一片肌肤是裸露在外的。她的裤子有一小截很醒目的反光的部分。蒋凤仪往前凑了凑才看清，那是一张纸被她用透明胶带绑在了腿上。众人都在等待警察的到来，没人敢再往前靠近去仔细研读纸上的内容，可蒋凤仪心中有了数。那是妇科检查记录，证明死者起码在一年前尚是处女之身。

从桥边老妪的早点铺往回开的那天清晨，天滃滃的，又不见下雨。燕歌开到一条窄路上。迎面来了一辆灰头土脸的普桑。会车时，对方的车窗悠然地降了下来。蒋凤仪防御地问："怎么跑到这里来了？"燕歌想也没想，说是这一带有野货卖，她来看看。蒋凤仪笑着替她捋顺了谎话："这么早就开始进补了。"

背道而驰后，蒋凤仪打了电话来。她说近来她总是梦见孔雀。过去五年，她从没有梦到她。就连事发之后，她转移阵地，消灭痕迹，都能从从容容。那张检查记录势必引起警方的注意，要是查出孔雀的经历，她纵不是凶手也会被殃及。一直到排除他杀的结论出来，她才结束了蛰伏。

"谁不晓得这个不是什么正经生意，但我没害过人。"这是蒋凤仪老在强调的话。

"没有买卖就没……"

蒋凤仪习惯性地打断了她："你不要这么说，你们是保护动物吗？更何况你们是送上门给人家宰的。又不是就我一个人在做这个买卖，我不做别人就不做了？"

"杀人犯是不是也都这么想？"

"你不会跟那孩子在联系吧，你跟她都说什么了？"

"什么都没说。"

她什么都不能再说了。最近的时候，她和杜鹃只相距两公里。

杜鹃的朋友圈独独剩下一条淡灰色的线。那是细长的针刺破她们的肉体，攫取原始的生命。

孩子到身边时，镇痛泵还吊在上头。

燕歌身上不得劲，只够伸出手去迷迷蒙蒙地摸孩子的手。从左手到右手，十个手指头，不多也不少。她放心了，是个要少受多少罪的男孩。她母亲去护士站送红蛋了，早先在床头剥橙子，听她这么说，还很不高兴："什么细伢子！我们又让你受多少罪的！现在这个也无痛，那个也无痛，我们那个时候不得杜冷丁，喊就喊死了。真是的！"

主刀的大夫查房查得勤，亲切地问长问短。产前曹鸿志与燕歌合计，伸出巴掌比了比，燕歌说多了。曹鸿志说："不多，儿子的命在人家手上呢。"

带着带着就能下地了。燕歌晃到一处阳台上。一晴方觉夏深，天气好极了，树荫落在身上也凉快。主刀大夫再来时，燕歌斗胆向他打探了一点消息。大夫对同行给予了高度评价："她以前在二院的时候，大家开玩笑的，说她收的锦旗全挂起来要按亩来算。"谈到她离开医院，大夫用一种很明显的"我知道但我不好说"的笑容打了马虎眼："可能美国那边薪水高吧。"

月子是在娘家坐的。曹鸿志母亲倒说要跟着来，燕歌图清净，没有答应。曹鸿志一周开车来一趟，临了也都是被她撵走的。她母亲说："个个像你这样，女人肯定受罪的。自己欢喜找罪受，还给我找罪受。"

下雨前，她们关了空调，把窗子都打开，小城的风像凉凉的药水注入静脉，房间一片清深。祖孙三代一处待着。孩子睡觉，她们娘俩一个戴着老花镜在地铺上就着几块零头布缝缝补补，一个坐在摇篮边看书，各自间歇看一下手机。燕歌母亲问：“困不困，困就到床上歪歪去。”燕歌不作声，她就接着喃喃自语：“知足吧，现在蛮好的咯。你要是跟徐同鹤在一块的话，不要说房子车子儿子，估计连双周正鞋子都不得。我前一向时在老街看到他妈妈，她大概准备跟我说话的，我装个没看见，我就走了。呵，她心里大概想，你是跟她儿子好过的，能找个什么人啊，找个二婚的就不错了。”

燕歌仍不言答。

她母亲问：“他到哪去了？”

“哪个啊？”

“徐同鹤啊，还在云南？他那些破画在我们这没人要，跑到云南就有人要了？”

“是你这么想，还是她这么想？”她问。

“啊？哪个啊？想什么？”

“‘能找个二婚就不错了’。”

她母亲一骨碌站起来，抄下老花镜，和针线一起朝桌上一扔：“你给罪给我受就算了哦，你再给气给我受。我不烦你这个神了。细伢子请你带走，他姓曹不姓燕。”

曹鸿志连夜来把他们接了回去。

一上高速他就开始教育她：“你不欢喜我妈我能理解你，在你自己家又闹什么。”

她想着滂沱的夜雨里太适合发生一起交通事故。人都爱表现出这种平白无故的委屈，好像自己从来没有插手任何不幸。母亲不以命相逼，阻挠她和徐同鹤，她再不济也不会落得这样的一番局面。

她不会的，一定不会的。

周岁宴的规模很小。曹鸿志欲广邀亲朋，燕歌不同意，说"来是人情去是债"，结婚就算了，下面不要总是叫别人用钱。她这一头只有父母二人，一个表姐，外加刘百灵。

刘百灵的女儿没能遗传她的甜美容貌，五官长得分散，眼睛嘴巴都急着要逃离这张脸。动画片里，一群小朋友总有错落的设定——伶俐的、娇贵的、勇敢的……她的女儿应该是憨笨的那一个。刘百灵掏出气垫，绷紧人中补妆，仗着跟她好，口没遮拦："我就不懂了，你儿子都像你。我这个是怎么回事，也不像她爸爸啊，我要是她爸我都要疑神疑鬼的了。"

燕歌借用她的镜子照了一下，略略回想起了杜鹃的容颜。一瓣轻微蔫萎，有淡淡褐色痕迹的栀子。猛地一下，她连杜鹃的名字都差点没想起来。脱痂的伤口与周围的肤色融为一体，她记得在这片皮肉上发生过什么，但忘了它具体的坐标。

午宴结束，她母亲拉着表姐的手在门厅前依依不舍地告别，有一两句话被她听见了。"旁人生了细伢了，明白好歹了，对自己的妈妈总比以前好。我们这个不晓得怎么回事，你稍微多说两句马上脸就拖得多长似的。你们姊妹谈得来，你跟我说说她。”燕歌抱着孩子转头就走。她母亲追了上来，要与她一道回家。燕歌索性把孩子交给她，拉着刘百灵往别处去了。

燥热的午后，她们的车盲目地往前开着。

黄灯远远地闪烁，车速降了下来。她们都看到左前方正在拆除的楼房。刘百灵说了句“太早了，不然下来吃米线”。小酌几杯，燕歌昏昏沉沉的。听见这话，她才发现，拆的是蒋凤仪办公的那幢楼。记性越来越差，不怪人总说“一孕傻三年”。

那年好像也是这时节，天也开始晒人了，她们就在旁边这家老店里各吃了一碗米线。她是竹笋炖鸡的，刘百灵是牛肉的。吃完了，并肩走进那幢老楼。阴森森的楼道里，刘百灵在前开路。她一脚刚踏上转角的平台又尖叫着缩了回来。以为是只僵死的老鼠，暗沉沉的声控灯亮起来，才见是只黑乎乎的鸭头，不知多少人踩过了。这不像是一座有物业的楼，恐怕要发动一整个部落的蚂蚁才能抬走它。

最顶上一层，走廊最里面的一个单位。折叠铁栅栏门后面，化身图书批发部的地方有成捆成捆的教辅作掩护。留神环顾，燕歌以为弄错了地方，直到蒋凤仪一下子推开房门，刺眼的光万箭齐发密密匝匝地扎到了身上。

蒋凤仪叫她们去隔壁坐着。一个比她们更早到的女孩已经在那等着了。后来她们知道她叫孔雀。她也许叫孔玲、孔芳、孔婷、孔婷婷……但在包厢里开酒时，大家都叫她孔雀。

到底还是学生，后来钱到账，燕歌为连成一串的零很是激动了一下。

刘百灵请她去吃烧烤。吃得好好的，说起当时大长针戳进来，感到自己就像羊肉一粒一粒地被串在了铁签子上烤。刘百灵的嘴一边扽着羊肉粒一边说话，十分尽兴，一点不介意。燕歌不懂她在吃烧烤时说这话的动机，反正这之后她对羊肉串再难提起兴趣。

刘百灵老早就劝过她一起去，燕歌横竖都不肯答应。真正说服她的是那个为她和徐同鹤牺牲了的孩子，千辛万苦瓜熟蒂落也要被拿走，不如把一开始的种子拱手相送。看淡了，和拔掉头发剪下指甲也差不多，何况有钱。她姑且再支持他一回。这世上，总要有一大把像他这样画不出来的人，才能有人从他们当中画出来。她愿意为了让他看清楚他自己的能力再付出一些代价，也算仁至义尽。她要他明白，她爱上他，是完完全全的情不知所起，不是为他根本没有的才华。

他果真放弃了画笔，远走云南和朋友合伙经营客栈去了。刘百灵对此的评价是："到底是搞艺术的，再不济也要做民宿。云南简直是专供伪艺术家们避难的。"燕歌听着，还是刺耳，但已不可能像老早那样将一些卫护他的话脱口而出。

纵然市中心南移，人口密集的老城区土拍价格也必然不低。暂时看不出拆楼以后，要做成商铺还是住宅。不管做什么，旧事只能就湮灭在这里了，来日的人于此载歌载舞，难料有这样的往昔。

较之拆楼，更轰然的一桩事情是蒋凤仪被抓。艳谈逸闻里，当时事情一出，上面就找院长谈过话。"不管真假，场面已经被你家属闹大了，就算是避嫌，你们两个人之中也必须要有一个离开。”为求自保，院长牺牲了蒋凤仪。

她或许也不怕落网，往事的渣滓翻腾起来，那个人就算退休也不得安生。

刘百灵还在连绵地发来参差的语音，赘述她如何推敲这座罗生门的种种细节。燕歌谈不上欢欣，就算蒋凤仪的下场并不值得同情。

燕歌是怀过孕的人，她有完善健康的子宫。问题只可能出在和蒋凤仪七年前的交易里头。她没有证据，有证据也不能大张旗鼓地告，只好反过来，还找蒋凤仪求助。她想起有些贫困的县，先是围湖造田，后面又退田还湖。大量无辜的，重复的，劳心劳力还全无价值的作业。她要是有杜鹃那样的苦衷就好了，还可歌可泣一些，被人知道也不妨碍抬头挺胸做人。

刘百灵说，蒋凤仪出事，院长一下子都没有出面。不论这个女人是情人还是夫人，都是旧人，他都不再为她们尽一丝绵力。在这一点上，曹鸿志有过之而无不及。他数次关上阳台的玻璃门，对着电话狂躁地骂他前妻，脏话成堆。

燕歌整理东西的时候在收纳箱里翻出很多废弃的车载碟片，其中有一张盘没有封面，拿电脑播映出来，是曹鸿志头婚的婚礼录像。当时他还很瘦，穿条纹西装还有那么个意思。他捧着花跪在她面前，说我会永远爱你，请你嫁给我。

比起他们对待旧人的方式，徐同鹤尚算仁义。至少除夕夜她还能收到他的“新年快乐”，即便这看起来像是群发。

燕歌母亲来得勤，孩子以后也得有一个自己的房间，曹鸿志看了几套房，不是太偏，周边配套不全，就是户型本身难叫人满意。

燕歌正联系中介，她母亲憋着嗓子说：“你过来，我跟你捣个鬼。”

燕歌听了，一口否决：“她四十几岁就守寡了。把她踢走，不要说曹鸿志不同意，我都不同意。”

她母亲说：“又不是把她撵到老家去，就给她买个小的，四五十平的。你们压力不是也小一点？”

燕歌说：“曹鸿志这两年还可以。我公积金账户里也有点钱。她之前还说钱不够的话她再拿一点，我说不用。”

她母亲没露出什么神色，燕歌晓得她是放心了。她的财产，和丈夫毕生经营的那一点小小的家业，死后都是女儿的。但只要活着，养老钱总怕受觊觎。这个岁数的人的通病。

燕歌听到母亲在房里悄悄地打电话：“她呢！她现在全向着她婆婆……但是也好啊，总比在一起吵架好。”

带孩子到母婴店理发洗澡的晚上，燕歌去停车，她母亲抱着孩子先进店排队。

过了马路，都要迈进店堂了，燕歌又退回来站定。她望着朝她这方向走来的一男一女两个年轻人，不确定和他们会不会发生招呼。

路灯极亮，勘探着她们脸上的油光、粉刺、眼袋……瑕疵种种，但她们都说“你一点也没变”“你还是老样子”。她身畔瘦高文气的男孩子，燕歌猜得不错，是她的弟弟。杜鹃吩咐他：“你先去占个座点菜，不要鸳鸯锅，就清汤锅底就行，他们都不能吃辣。”

燕歌没想和她说些什么旁人不能听的话。她们也的确没进行一些在大庭广众之下欠妥的交流。杜鹃只说弟弟读大二了，在工大，学的是室内设计。老家的人都敬佩她父母，培养出了两个设计师。他父亲的意思是，女儿以后终归是别人家的人，他管不到了，儿子学这一行，毕业了混不出名堂，他一个木匠，好歹能拉拔两下。

杜鹃刚从浙江回来，这阵子衣服制版出了不少问题，她总得去工厂。燕歌听说过那牌子，价位适中，款式偏端庄，电商搞活动期间她买过他们的打底系列。“以后说不定那个叫杜鹃的名模还会给你做的衣服代言呢。”燕歌说。

基本都是杜鹃在说。她没问杜鹃任何问题，怕她为难。

川流不息的车马霓虹里，她们找不出什么无关痛痒的寒暄之词了。门店里这时传来嘹亮的婴啕，杜鹃的眼睛被抛光似的一霎通明。

所幸曹鸿志在这关口打了电话来。他在法院工作的朋友告诉他，近期有一套复式房要拍卖。他看了图片十分心动，关键房子在师范附小的学区内，完美解决了孩子就读的问题。

就在他絮絮叨叨地盘点这房子的优势时，杜鹃微微抬起右手，摇曳的手指像是弹奏着空气。

燕歌点点头。等她意识到杜鹃已经走远，转过头想看一眼她的背影时，夜色中浓稠的人群早就像浪花抚平沙滩一样吞噬了赶海的痕迹。

她想她就坐在一个和全世界所有火锅店都差不多的火锅店里，涮着每一口锅里都会涮的食材。她的身边坐着她的弟弟。在场的还有一些她的朋友，他们一致认为这对姐弟相亲相爱，名正言顺。他们也明白，她必定煞费过一番苦心，却只当她啼过的血和还没下锅的鸭血一样肥厚，滋润，工工整整。

“你有没有在听我说话？”没得到及时的回应，曹鸿志又生气了。

“我知道，可是靠谱吗？”

“有什么不靠谱的，国家的房子还没有个人的房子靠谱？”

“我不是说房子，我是说这个房子以前的户主。你要问问他是什么原因犯的事，不要最后弄一个凶宅来住。”

“瞎讲！就是个鸟贩子，捕杀野生保护动物的。”

张秋寒，男，九十年代生人。作品散见于各类刊物和新媒体。出版有长篇小说《铅华》《仲夏发廊》《长此以忘》《白昼昙花》，小说集《唯不忘相思》《寂寞的女子都是旧相识》，散文集《告别的话由风转达》，译著《秋灯琐忆》。

奇迹之年

东　来

一

"我爷爷是个赤脚医生。"

对面的男子掸去身上的烟灰，起身把头顶的遮阳伞撑开了。在沙漠的浓烈阳光下，我们获得一小块珍贵的荫蔽。在继续讲述之前，我和他一起看向沙漠。绵绵无尽的红沙堆砌起的绵绵无尽的沙丘，地上只有一些枯死的白草和水波似的涟漪，看一眼都觉得眼睛干痛。旅馆老板用脸盆种了些仙人掌，土块结得硬邦邦的，仙人掌绿油油，硬刺横生。有丝丝微风吹着，薄汗蒸发，并不热。

这家青年旅舍很有名，出现在很多旅行必去清单之中，因为它孤独地建在沙漠深处，乘车抵达时，若值傍晚，可见晚霞和沙漠温柔地包裹几间矮矮的土屋，周围绝无人烟，许多旅行者将这里视为世界的尽头——旅行的终点。有些人甚至会用“圣地”来标榜它，住两个晚上之后就折返，也有人向沙漠更深处继续进发。旅馆养了一队骆驼，雇用了三个向导。交两千块钱就可以租一匹骆驼和一顶帐篷，走上两天，去看两处已经风化成丘的古城遗址、一片已经干死的沙棘林、一条没有一滴水的古河道。

两天前，交完两千块钱，临走时我突然感到厌倦，没有出发，只是目送了骆驼队的离开，早上的露水打湿沙地，骆驼的脚印在地上印出乱纹，不一会儿就被风刮走。我的骆驼仍被拴在原地，不停地反刍。我看了它一会儿，喂了它一些玉米粒，跑去旅馆的餐厅喝酒。旅馆的老板跟我说，晚上会有个男人住进来，他自己开车来的，微信名字叫作阿来，头像是只飞奔的豹子。

我说：“怎么要特意说起这人？”

旅馆老板说：“我感觉，已经很多年没有看到用豹子做头像的人了。”

我说：“还真是！好久没遇到了，有那么一段时间，有不少。”

老板说：“用豹子做头像很傻。”

对话结束。

夜晚九点，旅馆的狗全部狂吠，一辆车开进了院子，一个长手长脚宛如螳螂的男人在群狗的围攻之下，淡定地劈开道路，走进了屋子。那就是阿来吧，我见他拿了房卡，要了一大份面、两瓶啤酒，坐在我对面吃起来。我一眼瞥着电视，一眼瞥着他，期待看到一张豹子似的面孔，但他的面孔始终埋在阴影之中，看不清楚。阿来吃完了饭，穿过院子走去客房区。所有的狗又叫起来。他咳嗽一声，狗子们噤声，退回狗舍去了。我问老板，那是阿来吗？老板努努嘴，当作回答。

隔日，我在天台上坐着，喝冰镇啤酒。阿来拿了一堆衣服，走到晾衣杆边，将衣服晾好，他随即坐到我的身边。他自然没有长出豹子的面孔，那张脸眉眼平淡，只有一双又圆又厚的嘴唇突兀地挂在脸上，头发稍长，面孔倒是整洁，一丝胡茬也没有，有些恹恹的病态，年纪四十五往上，也许更年长一些。异于常人之处唯有他的眼睛，眼眶红红的，应该是长期睡眠不足所致的慢性角膜炎，乍一眼看去像是刚刚哭红了眼。

他问我借个火，我说我不抽烟，没有火。他笑笑，从口袋里掏出一盒火柴来，划着一根，点着了根烟，深闷一口，长长吐出来。

“我爷爷是个赤脚医生。”他很自然地说，声线尖细，话茬便立起来。我们像是认识了很久，不必做任何开场、背景阐述、自我介绍云云，直说想说的话，我也没觉得有任何异常。“他以前在粤北山区的村庄里给人看病，山里面蛇多，人总是被咬，所以第一要学会的就是治蛇毒。他因此认得很多草药，凭它什么蛇咬伤，咬成什么样，送到他跟前，几帖药敷下去都能好。他认得一种叫作‘卡子草’的植物，包治百病，比仙丹还灵，比人参还难找。这草药的脾气也大，春分时候，卡子草的叶子从土里冒出来，长得和芋头叶子差不多，就个尖尖儿冒着。见到也别心急去拔，得坐它边上和它说会儿话，或唱支山歌，趁它听得认真时，轻轻地揪着它的茎，把它从土里拉出来，一路上还得好话哄劝，把它哄高兴了，它才给治病，要是它不高兴，病人吃它敷它也治不了病。”

我笑了笑，阿来见我笑，问：“卡子草，你信吗？”

我摇头。

“我知道你不信。”阿来说，“你跟其他人一样，只信自己看见的，自己听见的也只信五分，但是只要……给你看见了，你就信。一旦超于常规，你们就不理解，视为异端，可是你们把‘常规’划得那么小。”他用大拇指抵住小拇指的最上节，比了一下，“就这么大。”

我又笑，因他过于认真的口吻，反倒无法生气，心里或已一一承认，他说的是对的。我说：“你爷爷与卡子草后来怎么样了？”

“1998年，镇上有人被毒蛇咬伤，送来时已经晚了，我爷爷说没救了。那家人不死心，八百里加急送到省医院去，靠打蛇血清活了下来。那之后，我爷爷再没见过一株活的卡子草，它们全都躲去了深山。再后来，我爷爷退休，在鹭城养老。他说鹭城以前也有卡子草，九十年代绝迹，与此同时，蛇也快没了，不到穷乡僻壤见不着。

“应该是从二十世纪九十年代末开始，人变得只信自己眼见与耳听的，但是一个人能看到多远、听到多少呢？相比世界之大，肉眼看见的、耳朵听见的，都太短浅，而且容易受到蒙蔽。

“卡子草的叶心有一层细密的黄绿色绒毛，返照淡淡的昏光。如果你走在山中，遇见了卡子草，就算你不认识它，你也会知道，这是仙草。很好认，如果能碰见的话。”

上午十点半，旅店里已经两天没有来新的客人，旅店老板送了两瓶沙漠啤酒过来，算作送给我们的礼物。他用多年收入买了一整套日本酿酒设备，加入沙棘枝和油柑汁，酿出一种入口极苦，回甘如蜜的沙漠啤酒，一旦熟悉那个苦味，尝过回潮的甜味，便十分上瘾。

我对旅店老板说，等我回到上海后，请他寄一些沙漠啤酒过来。他说，寄不得，在沙漠喝沙漠啤酒才能喝出甜，回到城市里再喝这个啤酒，要么纯粹是苦，要么淡得像水。或许是路上颠簸，让酒变质了，也或许是喝酒的人回去之后，舌头不再敏锐了，沙漠啤酒只能存在于沙漠之中，这也是一种在地魔法。

阿来一口气喝完两瓶，虾皮红随即爬满他的全身皮肤，红眼眶也不显红了。他说，这个酒很有能量。能量，我思考着他的用词。

“你来这里做什么，来看沙漠吗？”我问他。

他摆摆手，说：“两个月前，梦见有人对我说，你往西去吧。我从家里跑出来，一路朝西，每到一个城市就停两天，睡梦中还是有人说，你往西去吧。到了这里，如果晚上还是做那奇怪的梦，我就还得往西去，直到那个梦消失。只是我又有些担心……”

“担心什么？”

“担心这个梦不停，我就得一直往西走，地球是圆的，我会回到原点，要是这梦不停，得绕个大圈子。”他皱了皱眉，为这个事情真实苦恼着。

事到如今，我已经确定眼前的中年人有些精神问题，臆想与偏执已深。但另一方面，我又很乐意和他说说话，若在上海，我们不大有机会打上照面，甚至不会朝对方看一眼，他的疯癫会被城市放大，他肯定也瞧不上我，一个中规中矩、疲于奔命的上班族。

旅馆断网三天了，只能打电话和发短信，之前网络未断时，刷个网页或者微博也要好几分钟。而这三天之中，天上没有任何云彩，今天的景致与昨日别无二致，风也如昨一样徐徐，带着巨大的擦刮声，时间似乎停滞了。

我主动揽下了喂骆驼的活，阿来没有来之前，我主要与骆驼和狗待一块儿。时间似乎在此停滞，因为没有高楼大厦和车水马龙的对比，这里的辽阔还与千年之前一模一样，似乎现代社会的雨露不会洒落在这里，身在这里就是做梦，梦的内容就是空无。旅馆、沙漠啤酒、阿来就是梦中的点缀，烈风刮过皮肤留下的微灼，就是梦的质地，而在梦中，阿来又给我讲了另一个梦。

“这个梦听着像是宗教故事里才有的东西。”我说，“你看啊，故事里都是这么写的，《西游记》也是这么写的，历经九九八十一难，最终取得真经，出门之前他连真经是什么都不知道，就这么上路了。”

阿来嘎嘎笑，说：“要真是这样，我可能会死在路上。你呢，你为什么来这里？”

“休年假，看到网上有一篇帖子写到这里，说这里人少，就买了一张机票飞到临近的城市，再坐了六个小时汽车过来。”我说，“想远离热闹，越远越好。”

“一个人吗？”

“太太和小孩去了巴厘岛，她们觉得那里有乐子，那地方我们都去过三次了，到处都是中国人，沙滩、大王椰、海鲜、潜水……我早都腻了。她们还没有腻，也许就是有人会腻烦，有些人不会。其实年假一个星期前已经结束，但我还不想回去，又多请了十天假，多待几天。”

“为什么？”

“啤酒好喝。”我说，“晚上刮大风的声音也特别好听，好入睡，网络不通畅，那些逼着人不断往前的东西，看起来很重要很紧迫的事项，都被甩到了外面。

“刚开始那几天，我好像还有一半的身体和脑子还在上班，想到好多事情还没做完，想到其他人都在忙，睡觉都不踏实，数字在梦里蹦，涨了跌了，红了绿了。那阵焦虑劲儿过去之后，待在这里就很舒服了。时代的进程在不同地方确实不同，在某些地方，我们不配得到这样的平静。这份平静很奢侈，也很短暂，一旦离开这里便会失去，所以想多待几天。”我话说得有些多了。急于分享，也是都市人的毛病之一。

因为无所想，心里面有种东西正在复苏，眼睛是眼睛，鼻子是鼻子，耳朵是耳朵，五感敏锐起来，可以感知到空气中很细微的变化，世界变得极为清晰，甚至能感觉到时间流逝的节拍——只是一个比方，时间流逝不会发出声响，所以我们才察觉不出它的流逝——我已十几年没有过这种感觉。

有那么几天，我每天坐在阳台上，四下里看，只是看，只是听。数公里外一只隼飞过我都听得见，它滑翔过去，羽翼震动，发出轻微的哨声。我就随着那哨声飞脱了，从山巅俯冲下来，肾上腺激素飙升，多巴胺疯狂分泌，全身骨头通过风一样痛快。这么极致的痛快，没法跟人说。阿来之前，旅馆老板不理睬我，他被沙漠同化了，变成了一种木头似的无悲无喜的人，我说的这些他司空见惯。

我继续说：“我肯定要回去的，此地不宜久留，山中一日，世上千年，就怕自己回去，城市换了个样子。这个世道真像跑道，再不跑，就要负担不起我太太和小孩的旅行费用了。”

阿来一脸“我很懂”的表情，四肢扭绳一样盘着，周身的怪异又加了几分，有些嘲讽的意味。我知道他不是故意的，他肯定自诩活得比我明白，我短暂的平静与长久的焦虑本来就是城市小资产阶级的快乐与忧烦，在此时身处的广袤天地间，渺小得不值一提。

“有一团黑色……”他说，“盘旋在你的头顶。”

我仰头看了看自己的头顶，头顶之上是遮阳伞，遮阳伞之上是被阳光炙得发灰的天空。

“每个人头顶都有颜色，你仔细看，一定也能看见。”阿来指着我的头顶，“每个人都可以看见。”

我有些不耐烦，说：“我看不见。”

“得学会一种特别的看世界的方式，不止是用眼睛，还得用鼻子、耳朵、皮肤、五脏肺腑，一起来看，全息地看，站在制高点看。如果只用眼睛，一定看不到。虽说不难，但也不容易，绝不多数人找不到门径，找到了门径也不容易学会，学会了又容易忘记，所以它仍是极少数人才能掌握的能力。小孩子头顶的颜色通常是干净的，没有杂质的红色、黄色、蓝色、绿色。有些能够看见颜色的人以为这是性格的标志，但我以为应该更复杂一些，颜色里不只包含性格，也许还有健康、命运，可能类似人的八字……破解颜色犹如破解密码。我没兴趣，我只是看看，就像看人的相貌，再自然不过。人年纪越大，头顶的颜色越趋于混浊，染上灰调，中年人的色彩多半是灰或者黑，很正常。有时候，你会看到一些特别清秀的人，不一定是相貌上有什么特别之处。哪怕他浑身是泥，你也只会觉得这个人很干净，周边的灰尘扑不到他身上。这种人头顶的色彩没有变灰，仍像小孩子一样没什么杂质，这种人你碰到一个，就算只打个照面，过十年二十年想起，仍然会鲜明地出现在脑海里。还有人——这种人就更少，可能你终其一生都碰不上，他们头顶的光七彩流溢，他们与你同在一个世界，又在不同的世界。不能用言语解释清楚，不过也没什么可解释的，可解释的都不足。”

“你看，你果然是做大事的人。”我不无揶揄地说，“我不会做神奇的梦，也看不到人身上的彩光。”

“我知道你不信，我说出来不是为了让你信，要让你这样的人信一样东西，得费好大力气去论证。论证一件你看不见的事物实在太难，就算我能够论证，你也会因为无法看见而选择不信。别费那力气了。”他说，“那么，你相信世界末日吗？”

“不相信。”我说，“应该说，我觉得那就是个笑话。”

“差不多吧。”阿来说，“但世界确实毁灭过了，现在的世界是一片废墟，我们以捡垃圾为乐。”

“我得去喂骆驼了。”

“2012 年 12 月 21 日，就是那个众所周知的日子，世界毁灭过一次了。”他郑重其事地说。

“骆驼……”

话题逐渐奔着巫蛊的方向去，我看了一眼阿来的面孔，发现他变得年轻了许多，眼尾的鱼尾纹不知道哪里去了，也许是我的错觉，光线抚平了他的皱纹。我要赶去喂骆驼，和阿来约定晚上去他的房间里喝酒，十瓶沙漠啤酒，我来出酒钱。他愿意告诉我，世界毁灭的过程。

我把饲料倒在石槽里，抬起头，在目见的尽头，天边染上一层紫灰色。旅馆老板说，也许今年第一场风暴要来了，明天或者后天。

沙暴来时会怎么样？

刮大风，沙子全部都被吹起来，之后又恢复如初。

风要把表面的沙尘全部吹起来，意欲找出一层平滑的地层，建立在浮沙之上的一切都会被抹去。但常识告诉我们，风没有意志，浮沙之下，也没有什么光滑得像鸡蛋壳一样的岩石地面，浮沙之下仍是浮沙。

二

我当然不愿意接受世界已经毁灭过一次的说法，不然我所生存的这个世界，作为一个普通人为之奋斗的一切，感受的欢愉、承受的煎熬全没有了依据。那一天，世界并没有发生任何变化，甚至连微小停顿也没有。世界依旧不管不顾地向前，较之以前，速度更快，几乎要飞。

那一年，我刚过三十岁，看完那部名为《2012》的灾难片，我和当时的女朋友约定，如果12月21日世界没有毁灭，我们仍能见到第二天的太阳，那我们一定要结婚。这当然是玩笑话，我们根本不信世界末日，但谁的内心没有过片刻希冀，地球在一瞬间灰飞烟灭，誓言、许诺全都因此无法兑现，因此可以放肆胡言。

12月22日早晨，她发信息给我，只有三个字“我愿意”。末日预言反而成为了婚姻生活的开端，足以在我的生活中留下一个小小标记。个人生活，与另一个人生活合并，分量变轻，变成一团混沌毛絮，脆弱且容易飘散。就好像那辆倚靠在路边的公交车，本来一直在等你，你还在路边买冰激凌呢，车忽然发动了，你得跑起来才能追上它。

2012 年之后，进程确实加快了，结婚、买房、生孩子、卖房、换房、小孩上幼儿园（转个眼要上小学），事情一件赶着一件，比小孩的脚掌都长得快，却都是具体的烦恼，是必然应然全然的煎熬，与欲望和物价赛跑的生活本身。跑着吧，跑到中途，就会忘记了肢体和头脑，只剩下跑这么一件事情——幸好跑道几乎是固定的，不需要格外去探索，不然真的会累死。

世界没有毁灭，只是加速了，如我奔向中年。

阿来和我一起吃了一顿羊肉抓饭，各自揣了一个生洋葱当餐后水果，走到他房间，一边吃洋葱，一边喝啤酒。冰过的沙漠啤酒有股杏仁香，但是温度一过十度，那股杏仁香就自然捉摸不到了。吃生洋葱，我这几天才学会，仍然会被辣得流眼泪，辛辣感之后满嘴是清甜，可以持续很久。总的来说，沙漠中的一切甜都不会来得那么容易，也不会那么容易消逝。

我给阿来看过妻女的照片。阿来说，太太漂亮，女儿也漂亮。

他也递过手机来，我就着他的手机看见一家三口在海边相拥，照片像素不清，应该是几年前的照片。他一家都比例修长，走在街口，堪称醒目。阿来说，这是他的老婆、孩子，孩子在读大学，夫妻都是中学教师，他老婆教语文，他教地理，不过他去年已经被学校解聘，因为在课堂上反复宣扬封建迷信思想，被家长投诉多次，丢了饭碗。我大概猜到了他对学生们说了些什么。

这倒是出乎意料，我下意识以为阿来是单身，有着完整家庭的男人不大做这么出格的事。

我不禁好奇他太太对他的远足有什么看法。

“她，”他说，“她不管我，她知道我疯。”

“你也知道自己疯。”

“你要是也知道世界末日是什么，不疯才怪。你们这种人多么幸福，仍以为自己生活在一个了不起的时候。”他冷着脸，环着手臂，比画出一个球形，像一个先知，说：“世界末日，并不是指你所见到的这个世界一瞬间消亡。好比苹果烂，不是从表面烂掉的，是从心里，等到烂到表面，内里已经化成一团苦泥，要到那时候你们才看得到末日的景象，不过敏感一点的人，早已闻到了腐烂的味道。那一天，你肯定以为什么变化都没有，一切照旧，说不定你还跑去电影院里看那部《2012》，看大地震怒摧毁人类，黄石公园和海底火山一起喷溅岩浆，大洪水把城市卷走……从电影院走出来，感慨活着真好。可是，就在你们看电影的时候，这个世界的一条支线消失了——神秘消失了，巫术消失了，能量消失了，奇迹消失了。其实在那天之前，它已经衰微很久了，但那天，是彻彻底底消失了。一就是一，二就是二，零不再是事物的原点，‘一生二，二生三，三生万物’，没了。事物恪守法则，法则越收越小，最终缩到你以为的常识那部分，指甲盖那么小。我们现在就生活在这样的现实里，没有神迹了，没有预言了，没有巫术了，祈祷也没有用了，许愿不会实现，惩罚自然也不会降临。曾经拥有着神力的人，在一夜之间失去了能力，没有任何东西会超脱轨道，一切都在常规下进行。你想想看，是不是2012年之后，怪力乱神的传闻逐渐消失了，其实不是传闻变少，而是怪力乱神真的消失了。很快，这个世界就要长不出杂草了，但是表面上，生活不会受影响，可能要过个几百年，人们才能体会出其中的差异。”

我仍旧笑了笑。

“是不是很可笑？”

“与其说觉得可笑，更多的是不可思议，二十一世纪已经过去了五分之一，却还有人对我说这些话。”

“你相信特异功能吗？”他说。

我摇了摇头。

“那就是在末日中消失的东西之一。”

话题至此才进入正题。初见阿来时，他应该长一张奇怪的豹子的面孔。这张面孔即便不长在他的脸上，也应长在他的心里。又听到“特异功能”这个词，我还是笑了出来，这是一个距离现代文明过于遥远的词汇，古老，而且带着欺骗的原罪。我以为它已经消失在现代世界了。正如“卡子草”在世间的消失，它们同属于一个日渐陌生的世代。可是阿来讲来毫不违和，他便是从那里来。如年轻人嘲笑老年人的迂腐，自诩理性的人嘲笑感性的无用无知，笃信科学的人嘲笑信徒的迷信。我来到这里，花费十瓶啤酒，不过是为了猎奇和嘲弄，阿来也知道我的来意，但毫无保留，他意在倾诉。

在二十世纪八九十年代特异功能曾经盛极一时，那时间的新闻里到处都是异能人士，他们有着各种各样的神通。说是神通，听上去又微不足道，或难以求证，诸如把药片从药瓶里面抖出来，用鼻子嗅字，耳朵听字，肚子吸住勺子，手心发热煎鸡蛋，发射常人感受不到、机器也无法检测的辐射，双脚离地半毫米，把蛇变进人的肚子再取出来……一个个像极了玩笑。人像追逐明星一样追逐他们，眼巴巴地指望他们表演异能，这些异能者受邀在大小城市表演，收割信众。

有那么一段时间，就连我的父亲——一个接受过良好教育的气象学者，也沉迷于此，买了许多特异功能方面的地摊书，每天起个大早去公园里练习气功，企图用特异功能治愈多年风湿与心脏病，让秃顶长出头发，打通透视天眼。幼年的我，也曾经梦想自己可以透视，找到我妈藏起来的零钱罐和电视遥控器。当然，这些激情早就过去了。

我父亲五十六岁时接受了心脏搭桥手术，之后兴趣更多放在养花种草和拉小提琴上，提起那段经历，多半以戏谑的口吻提起——人生无望的寄托，不沉迷于此，便沉迷于彼，总得找个事情来度过中年危机。至少在我的记忆中，“特异功能”四个字并不光彩。

二十世纪九十年代中期之后，那些超人一个个被证为骗子，报端和电视也再见不着这些人的踪影，像是魔力轰轰烈烈地从地底涌出，短时间内又钻了回去。

多年之后，再回想那段岁月，感觉到的更多是天真与狂热，从二十世纪七十年代的狂热，进入到二十世纪八十年代的狂热，再进入到二十世纪九十年代的狂热。总要有一些事物，成为狂热的出口，然后被人遗弃，成为集体记忆的废墟，之后再有人提起旧事，倒像是在废墟中去刨文物一样艰难。

阿来打开了啤酒，一口气喝完一瓶。

我说："你也有特异功能咯？"

"我可以把勺子盯弯。"

"又是勺子？"我看向他，口气极尽尖酸，"总是勺子。"

"我应该给你表演一下。"他并没有被冒犯，说，"但是我现在做不到了。我从旅馆餐厅拿了两个铝勺子来，想试一试，盯得眼睛酸痛也不行。算了，我已经失去它了。

"我九岁就发现自己仅用注视就能掰弯勺子，盯着看十秒钟，勺柄会自动弯曲五度，塑料、金属、陶瓷、木头，材质无关紧要，只要是勺子，都可以。这个特异功能，可能是梦里面得来的，也可能是出生就有，只是后来才发现，毕竟谁没事盯着勺子看呢。五度正好肉眼可以分辨，乍一眼看去也并不会觉得这个勺子有什么怪异，要很仔细地去看，才能找出这五度的差别。弯曲五度，不能叠加，五度就是极限，也不能使其复原。

"为什么是勺子，为什么是十秒钟，为什么是五度？我也百思不得其解，说起来这个特异功能真的一点用也没有，可是它落在你身上，有什么法子。后来我还想弄弯其他东西，看见什么都使劲盯一下，可是除了勺子，什么都没有变化。我还想试试自己还能不能干点别的，比如眼睛点火、隔空移物、心电交流、透视、穿墙……都不行，万物自有规律，丝毫不服从于我。

“那时候恰好是大家对特异功能最为狂热的时候，我认识的每个人都在谈论特异功能、气功、超人、水变油、铜变金，种种不可能的可能性，不在科学范畴内的科学。

“我给家人表演眼睛盯弯勺子，我爸妈看完之后，几乎不敢相信。然后是我爷爷——他特地从粤北山区赶回来，看完之后又坐车回去。他一直不支持我在人前表演，觉得这事儿最好埋在家里，别到处抖搂，特异功能和‘卡子草’差不多，会跑走。可我爸觉得，这是个宝，不给人现一下他难受。他拉着我给其他人表演，我的老师、同学、大院里的那些人、报社记者，这事儿便传开了。我的名气越来越大，传出了县城，传到省里，传到全国。他们用‘神童’来称呼我，我挺不好意思的，以前他们这么叫顶聪明的孩子，我是个笨人。

“有两三年的时间，我每天和无数勺子打交道，把它们盯弯。梦里面也都是勺子，勺子们在我的头顶旋转，扭得奇形怪状，砸在我头上。看客们不厌其烦，让我‘发功’，我便假装十分费力，皱着眉头，眼睛冒火，其实这件事对我来说一点也不难，简单得像是伸伸手脚，不费力气。每次一结束，台下的人哄上台来，把勺子一抢而光，他们都相信我有一股神力，那么弯曲的勺子也会沾上神力，包治百病。

“有段时间大小报纸上总是出现我的名字，如果你去查 1985 年 9 月 7 日的《× × 日报》，会在第七版的右下角豆腐块里找到我，虽然只是很小一块，却登载了一张我拿着勺子拍下的照片。

“几年间，我走过全国好多地方，省城、北京、上海、厦门……给领导表演，给日本访问学者表演，给科学家们表演，给医院里的癌症病人表演。我妈妈有剪报的习惯，我出名了，她一直很兴奋，家里八辈贫农连秀才都没出过一个，现在竟出了个‘神童’。她把报纸杂志上所有关于我的新闻都剪了下来，贴了足有四五本笔记本，一直当宝贝。她去世之后，这些剪报集作为遗物，放在我家书架的角落里，再也没人翻开过。

“那几年我总是想，为什么别人都没有，偏偏我有，我必是被选中的人，‘天将降大任于斯人也’，但有另一种感觉也无法摆脱，那就是这项能力即便是罕见的，甚至是绝无仅有的，但它也是无用的。我最怕别人问我，‘你这特异功能到底有什么用’，要是有人问出来，我会愣住，或者假装没有听见，或直接逃走。不过，没有一个人问这个问题，大家似乎被特异功能本身迷住了，来不及去想这些。”

窗外的风吹得门框哗哗作响，今天的风更大，远处传来悠长的狼嚎声，狼嚎声飘到这里。我在信和不信间徘徊，不信更多一点，但每当有人笃定地对我讲述，我又忍不住信，不是信话语，而是信此时此刻，话语中的空隙。

“你知道那个用耳朵听字的唐愚吗？”

“知道。”我说。我比阿来年轻几岁，仍有一些故事传递下来，只是其中的意味截然不同。耳朵听字，其人其事，我在初中物理课上听到。物理老师说，学了初中物理，初步具备了解现实运行规律的能力，不可以信耳朵听字、天眼猜字的事了，那些都是假的！

那时候才知道，二十世纪七十年代末，在四川，曾有个名为唐愚的男孩可以通过听觉辨字，无论在纸上写什么，卷成小球，他放在耳边听上几分钟，一定能辨出是什么字，甚至用笔的颜色，他都说得清。唐愚之后听音辨字的人多起来，各处都有儿童拥有这项特异功能。可以说，是唐愚开启了中国的特异功能时代，在那之后，拥有特异功能的人多起来，种类越来越丰富，能力越来越强，短时间内进化到匪夷所思的程度。

在想象的初期，“耳朵听字”这种并不突出的功能，便是一种试探，像用脚沾沾水，测一下温度，不冷，甚至还有点温暖，那些人便一头扎入河中去畅游了。我在我父亲留下来的有关特异功能的书上看到过唐愚的画报，他手扶着耳廓，侧耳听着什么，脸色红润，神情乖巧，是那个年代某种标准里的儿童模样。

“我见过他。”阿来说，“我们当时一起受邀为日本特异功能协会表演。一行十人，唐愚也在其中。他比我大几岁，已经是个大小伙子，当时骂他是骗子的人很多，他已不太露面。日本人出了一笔钱，他才出场。

“我一看见唐愚，就知道他真的有本事。他呆呆坐在一角，不言不语，脸晒得极黑，穿一件不大合身的新衬衫。我坐在他旁边。他扭头看了我一眼，就那一眼，让我鸡皮疙瘩起来。他那双木木呆呆的眼睛，倒要看到人心里去。日本人写的是日文，为了防止作弊，一人在另一个房间写好字，卷成团递到他的面前。唐愚从始至终蒙住眼睛，拿起纸团在耳边听，然后在纸上依样画出字形来。

“他一共听了五次，每次都很轻松。那些日本人将全过程用录像机录下，反复确认他是否作弊。但在那种情况下，作弊几乎不可能。

“晚上我们住同一家招待所，在同一间房。我问他，听字是什么感觉。他说，把纸团靠近耳朵，呼吸放缓一点，一两分钟之后，无论是图画还是文字，都在脑中自然浮现出来，只需照描下来就可以。我说，这特异功能听上去有用，考试的时候可以作弊。唐愚笑起来憨憨的，说，离远了不行，总不能把耳朵贴到人家的试卷上去听，有那工夫还不如瞎蒙。

“我问他后来为什么不多出来几次，他的名气那么大。他说，这种东西没有给他带来什么好处，每天听字，他都腻烦了。他那时已经下学了，跟着他父亲做泥瓦匠，盖房子远比在人前表演用耳朵听字有趣得多，一砖一瓦盖踏实了，人才踏实。意思是，他放弃了特异功能，如果特异功能算个礼物，他决定退货了。”

我说：“后来好像再也没有听过唐愚的消息了。”

阿来说：“那时候也没有网络，报纸不报道他了，他自然消失在人前。我只记得第二天，我们一起吃过午饭，分别时，他说我头顶的光是浅黄色。我问他，那是什么。他说，他也不知道那光是什么，每个人都有，而且颜色不同。他教我怎么看，我按着他教的方法，便看见了旋在人头顶不散的一圈光晕。从此我走入人群，发现人们除了面貌不同，还有色彩的分别。我也看见了唐愚头顶的光，是纯度极高的蓝色，只是我不知道那意味着什么。”

“到底怎么看？”

“就那样看，我已经教过你了。”

我眯起眼睛，想依照阿来所说，调动五感，全息地看，站在制高点看，什么也看不出，只看见他投在墙壁上灰色的影子。

阿来大笑，说：“多加练习，你一定行的。”

我大概已经掉入他的圈套。与阿来交谈让我依稀想起我爸，两个人都喜欢用神秘来渲染事物。我爸已于三年前去世，死因是心脏病发作，走得匆忙，没有留下遗言。他一生的爱好就是在路边漫步，判断未来的天气。接下来几个小时的气温、湿度、风速，往往与他的预判分毫不差。

有时我们一起走在路上，他从胸口拿出老派的丝质手帕，在风中扬一下，拿出纸笔，记下一些数字。“三个小时后会有一场六级大风”“一场只下五分钟的小雨”或者“记得带伞，下午四点钟会下雨，你放学后半小时才停”，他总是这样说。在幼年的我看来，这差不多也是一项特异功能。我缠着他，求他把秘诀传授给我。我爸指着道旁树说：“小朋友，你不要把自己看成一个人，要把自己看成一棵树，头发是叶子，皮肤就是树皮，站着别动，想象你的根须扎到土里，想象你没有眼睛，叶片伸向天空，从空气中获得天气的信息。风一吹，你就知道了一切。”我按照他说的，站得笔直，闭上眼睛，假装自己是一棵树，试图听见草木的低语。

诚然，我爸在打发小孩子，隐去了他多年的专业积淀，但他多年来一直都试图让我知道气象不仅是数字和计算，还须感受。有时直觉才能穿透许多认知的雾障，暗中交给我们答案。这种感受力脆弱而珍贵，需要持之以恒的训练，不然会随年龄退化，或致完全丧失。依赖理性和计算，毕竟是更容易的事情。由于这一层缘故，我对阿来有了些亲近感。

“后来呢？”我说。

“电视里面整天滚着‘特异功能’四字，没几个人说得清这四个字的含义，听得多看得多，睡梦里也想，就着了魔。那时候，苏联和美国都在搞人体特异功能的研究，咱们也不能落人后。我正读初中，听说美国有个小孩能够用意念把勺子拧成麻花。我呢，我也还在跟勺子杠，却只能把勺子弯曲五度。五度和麻花，云泥之别！几年来毫无长进，这样下去超英赶美是不可能了。

“众人早就看腻了我的把戏，花样那么多，这算什么菜。我也想不通，为什么不能让勺子更弯一些，为什么不能弯点别的。别人都开始穿墙、透视、飞升了，我还在弯勺子……虽说是超人，但只超一点点，就和一个人长得高点、耳朵大点、长个六指一样，没什么可稀奇，也没什么可骄傲。

“我也真是怕了勺子，看见勺子眼睛就痛。我爸也觉得，我的异能肯定不止于此，露出来的那点，不过是冰山一角，只要好好挖掘，地下还有富矿。我们不信，怎么只给这么点甜头，小甜头之后，应该跟着更大的甜头。”阿来停了停，喝口水，说，“为了尝尝那更大的甜头，我跑去练气功了。”

“哈哈，果然。躲不开。”

“其实是受我爸的影响，他是个气功迷，那时候练气功是时髦的事。一开始只是一小群人练，后来无一人不在练，只要你有手有脚能跑会跳，干吗不去练气功，打发时间，强身健体，又没坏处。那会儿闲人多，生活节奏也慢，大家也不着急去挣钱。我爸是最早开始练气功的那撮人。他退休后，无所事事，就跟着下山的老道练硬气功，冬练三九夏练三伏，坚持了好几年。那时候流行的说法是，气功练得好，就会持有特异功能；有了特异功能，就是超人——超出一般人。其实‘超人’是什么意思，也没有几个人知道，只是这两个字听上去就离地三尺，这个世界不能有神仙，却可以有超人，神仙是迷信，超人是科学。我开始跟着我爸练习气功，希望能开发出更多的特异功能。”

“开发出来了吗？”我问道。

“你猜。”

“我猜没有。”我说。

阿来挠了挠头，伸手摁死了一只旱蚤，旅馆的床上有很多这种小虫，初来时，我被咬得满身红包，无论什么驱虫药水都没有用，这也是在沙漠必须忍受的事物之一。阿来看起来并不是在意虫子的人，他只是需要一个停顿。

“是，没有。”他说。“现在想起来，仍然觉得意难平，早知道是这样无用而微小的东西，干脆别给了，倒叫人花了好多时间、好大力气去追，最后一场梦。”他抬起头，看了一眼天花板，又有些飞蛾乱窜，往灯上不知疲倦地撞。“我见了许多气功大师，都是骗子。很多骗术现在看起来很低级，可那时候的人单纯，他们说什么，我们便信。他们头顶的光，无一不混浊昏暗。不过会几招障眼法，说些大话。可是别人都信的时候，你信不信？心志不坚定的时候，一定会信，就算你真的不信，也不要说出来，不然你就有问题，还会被人说眼瞎心盲，还会有人咒你肚肠烂穿。信仰比真实更不可动摇，信仰会改变真实的模样。

“那几年，常有气功大师开研讨会，不同的人来来去去，名字记不住，只好‘马大师’‘刘大师’地乱叫。场地多选在工人文化宫，门票二三块钱，我爸都会带我去，开开眼，见场面，凑热闹。大师们总要表演一些神通，说些逗乐的话，门票钱能值回来。那会儿娱乐生活太贫瘠，就当听相声了。

“印象最深的是笑功，进去百十人，也不开灯，只台上亮着，大师坐在中间，笑得满脸褶子，说‘笑一笑，十年少；再一笑，登仙了’，手一抬，百十号人忽然放声大笑起来，黑暗中好洪亮痛快，好似发了大水，滚滚而来，要将一切都冲走。你在里面，忍不住跟着笑，好像摁下了一个按钮，你也不知道自己在笑些什么，只管朝着天花板大笑，笑到腹痛，眼泪乱飞，满地乱爬，背过气去。尤其是那些经了事的大人们，心里面憋着一口气，平常哪有机会喊出来，这一笑，真是不得了，还要互相攀比，比谁笑得时间久，笑得大声，笑得夸张。‘笑功’流行了很久，到二〇〇几年，练这功的人才少了。有时候大师们来表演，我也会被叫去热场子，在他们出场之前表演一下弯勺子，收点好处费。有个很有名的姓颜的气功大师，你记得吗？

我说："不知道。"我记事时，气功的时代已经过去，我所听见的，仅是旋涡般的回响。

"1987 年的一场特大火灾，烧了近一个月，有人请颜大师远程发功灭火，三天之后，大火果然被扑灭了。报纸上到处宣传大师气功的神奇，他声名大噪。除了会气功，颜大师还被外星人请去喝过茶，坐过宇宙飞船，能和外星人用脑电波交流。他来我们那儿传授气功，三天培训费三百块，那是当时工薪阶层半年的工资，收钱之前，说叫人心服口服。他找到我，叫我小骗子，他说他知道我的把戏，他见过不少我这样的小孩，只会扯谎，小骗子最终会成长为他这样的大骗子，小骗不长久，大骗能成真。

"我爸把我交给颜大师，让我跟着好好学学——其实就是当托儿。表演之前，我们彩排了好几次，他要表演的是天眼辨字，让台下的观众写字条揉成团交上去，他发功，用天眼逐一辨认出来。这个骗术其实特别简单，只不过是移花接木，第一个应验的人其实是托儿。颜大师拿出第一个字条来，假装费老大劲认出来，然后问台下的人，是不是写了他的名字。托儿只管答应。颜大师就可以当众验证，打开那张字条。其实第一个人根本没交字条，颜大师当众偷看了人们交上去的字条，只需一个个念出来就可以了。拙劣吧？然而无人不信。多年来，颜大师就靠这一招鲜吃遍天下。那时候我打定主意，真要碰上一个真有大本事的人，我一定跟他走，跟着要饭也行。”

我说：“听起来像是武侠小说里才有的情节。”

阿来笑起来，说：“是啊。那时候的人都在做梦，做特异功能梦、气功梦、武侠梦、外星人梦、发财梦。造个梦，不管你这梦多荒诞，无数的人往里钻。”

“你后来找着了这么一个人吗？”

“差点儿找着了。”

“找着了就是找着了，没找着就是没找着，怎么是差点儿？”

“到了二十世纪九十年代，气功热退下去一些，一般的骗术已经不管用，种种新奇已经见过，如果不是用特异功能飞上天，众人都不要看了。几年间，我练了不下三种气功，搭了不少时间进去，一点用也没有，因为并没有一个屏障等待我去突破。我终于如唐愚所说，感到厌倦。不仅厌倦，还幻灭，没指望。我才是个高中生，已不易轻信，来来去去沉沉浮浮都看遍了。不过说幻灭，又没有完全幻灭，还有火种，一引就燃，我还是信特异功能，信超人，不然我没法解释自己。后来，我碰见过一个气功大师，我以为我找着那个人了，差点儿跟他走了。”

我看了一眼钟，已经深夜十一点。阿来的讲述未至中途，离世界末日尚远。

阿来很识趣，说，天晚了，明天再说。

半夜，妻子打来电话，口气很着急，略带哭腔，说在巴厘岛上遇到了麻烦事。两天前，女儿的后背长出红疹，起初只有一小片，现在发成了一大片，还发起高烧，可能是食物中毒。我说，你赶紧带她去医院。她说，她们现在在一个非常偏僻的小岛上，岛上只有一个小村子和潜水中心，没有医院，也没有乡村医所，唯一的医生不在岛上，要几天之后才回。岛上两天才一个船次，暂时也无法返回大岛，她正束手无策。

我听了，想着她们远在热带孤岛，女儿气息奄奄，妻子近乎崩溃，心中冰凉，却说不上慌乱，浮思之下，甚至有一层隐藏得非常深的想法：我希望女儿就此死去，死在热带岛屿，不要归葬，直接沉入海中，就此远去，不必忍受漫长的人生。可一想到她柔软的声音和头发、小小的手掌和脚丫，就迫不及待见到她。希望她死，又希望她活，两种互相交织蚕食的心情，不能与妻子说。

妻子说，她快急死了，只好找了村里的巫婆来帮忙，死马当成活马医。巫婆六十来岁，慈眉善目的，说女儿在路上直视了鬼魂，因长得可爱，所以被缠上了，这鬼不是恶鬼，只是贪玩，容易请走。老婆子围着床乱跳了一通，口中念念有词，把蕉叶敷在女儿头上，收了几百块，已经走了。目前女儿的烧退下去一些，但还是有热度，如果明天情况不好，就要打电话给大岛的医院，请求支援。

我说，希望巫婆把鬼捉干净。这愿望是真诚的。

她又问："你呢，你现在怎么样？"

我说："沙暴快来了，还没来，沙漠现在很平静。"

她说：“你还在沙漠里吗？我以为你早就回去了。”

我说：“快了，沙暴结束了，我就回去。”

“你为什么一个电话都不打给我？你一点都不担心我们吗？”

“这里信号不好。”我说，“我很想你们。”

她轻微地叹了口气，挂掉电话，想必内心失望。近几年，我们的生活已陷入到停滞，只是顺着自然形成的旋涡向前，或许更近于缓慢下坠，譬如说，生了孩子，需要换个大房子，那便东拼西凑，负百万的债务去购更大的房子。我们始终拮据，也无力跳出这个怪圈，被死死地钉住。如我父母所说，“哪里有那么好过的日子，都是挣扎”，说起来，我们总觉得过得比父母那辈好多了，其实是物质爆炸给予的错觉。在 2012 年世界末日那一天，我并不是这样向她允诺的，她也向我许诺了什么，我们已记不清。

我走到旅馆的院中，往沙暴来的方向看了一天，什么都看不出，漫天星光，深蓝色天空如绒布高挑，天地无悲无喜，默然广袤无际。旅馆老板说，沙暴明天就会到来，至今为止没有任何明显征兆。

如果此时沙暴到来，我愿意走入其中。

三

第二天，门外的群狗吠成一团，时间还早，不到凌晨四点，天光还是青蓝色，只夹了三分光亮，正是日夜交替时分。旅馆老板来敲我的门，请我帮他做些风暴来临前的准备，将露台上的天线和太阳能电池板收进屋子里。天台上，阿来坐在那里，面向西方，满地烟头。

“不去吃点早饭吗？”我一边忙活一边说，已是满头汗。

“等会就去。”

“沙暴就要来了，别坐太久。”

“昨天晚上，我刚躺下，又做了那个梦，那声音又说，你要继续往西边去。”他说，“我听了那个声音，立刻醒过来，再也睡不着。”

“你别听它的。回家去吧。”我说，“是癔症啊！”

“嘿嘿，我倒是想回去，好几次动了折返的念头，半途又觉得好奇，‘幻听’‘癔症’都无法说服我。我还是继续往西，总得看看那边有什么，这一趟非去不可。”

我先下楼去了，过会儿再上来，天色不再清透，也不致混浊。起得太早，本该有困意，却因沙暴将至而精神亢奋。我端了凳子坐过来，也直面西方。

“你昨天说，差点跟个人走了，那人是谁。”我续着昨日的话头。

阿来从呆愣中回过神，说：“哦，那个人啊，我只记得他姓蓝，他不喜欢别人叫他大师，因他原本是中学里面教俄文的，所以大家叫他蓝老师。我初见那人，就觉得他比那些江湖术士强，斯斯文文，他头顶的光是淡蓝色的，与他的姓相合。那时候，他坐在宾馆房间的沙发上，伸手递了一颗糖给我，让我吃了。过一会儿，我走路打飘，两只脚踩在棉花上，看路都是拐的，一伸手能摸着天，耳目忽然放大了好几百倍，外面自行车的铃声、行人的说话声都听得清清楚楚，风一吹，人就像小船一样荡起来。

“蓝老师附在我耳边说了一句，你飞回去吧。我便觉得自己从窗户口飞了出去，贴着地面飞了二三里，到了家。一到家就睡着了，醒过来已经是半夜了，我跟我妈说自己是飞回来的。我妈说，哪呢，你像是喝醉了酒，踉踉跄跄进了门，话也不说一句，立刻爬床上去了。我从来没有遇到这么神奇的事儿。

“第二天一早又跑去找蓝老师，要拜他为师，请他把我带走。蓝老师说，行啊，他那一身本事正要教给别人。我跟我爸说，我要跟着蓝老师，他在我耳边吹了口气，我就可以飞了。那种贴地飞行的感觉，我一辈子也忘不掉。

“蓝老师来我们那，也是为了教气功。他的功法叫宇宙波，是指通过运气，打通人体与宇宙的自然连接。蓝老师说，其实宇宙无时无刻不充斥着巨大的能量，人在宇宙之中，都能接收这些信号，但仅接收信号没用，还得懂得如何运用，学习宇宙波气功，便可以自如地调用这些宇宙能量。你别笑啊，不好笑，气功中有一支，就是勾连宇宙的，我是亲眼见过其中神奇的人，所以蓝老师说什么我都信。

“那时是十一月，赶上狮子座流星雨，蓝老师说，流星雨落下时正是宇宙力场聚集的时刻，参与的人数越多，聚集的宇宙力场越强。傍晚天未暗，几百个人聚集在中心广场，每人带一口信息锅，其实就是铝锅。蓝老师说，这套气功方法已经有了科学依据，需要配合一点药物，每个人到前面领了一杯药水。药水蓝老师已经发过功，可以事半功倍。我喝过了，还是觉得苦，有人喝了一杯嫌不足，又喝一杯。几百个手电筒将道路照得透明，虽然是冬天最冷的时候，大家心头全是热意，吵吵哄哄。

“十点钟全城熄灯，陷入一片宁静，人群喃喃，十三分钟后，零星流星降临，大家戴好铝锅，双手举过头顶，开始接受宇宙波，噪声平息。有人说有吱吱电流穿过头顶钻进地下，有人说在锅内看见飘浮绿光，有人说感觉到一股回旋热风快把自己掀翻。

“我也顶着一口锅，锅太深，完全遮蔽视线，闷得有点喘不过气。暂时把铝锅取下来，看向东北，正见两颗流星划过去，拖出长尾，眨个眼消失了。说是流星雨，其实流星并不密集，一分钟几颗。我记得那天没有月亮，空气里好像有一层蓝色的雾，柔软地围裹着我们。我也听到了有人不小心睡着的鼾声，也听到有人低声念诵咒语，几百口铝锅反射出晦暗的光，像好多双眼睛盯着你瞧。深秋天凉，我竟然一点都不觉得冷。蓝老师坐着一动不动。我把信息锅盖回头上去，闭上眼，身处一团黑暗。我快睡过去了。

“忽然，身体变得很轻，直接飘了起来，地心引力对我失效了，我像个火箭，极速往上飞，低头一看，人变得像蚂蚁那般小。随之，城市也缩成晦暗不明的一团，山川、河流、高原、河谷俱在脚下，‘坐地日行八万里，巡天遥看一千河’。突然之间，我什么都看见了，那本不该是人应有的视角，蹿出地球，面见灰白的月亮，以及巨大的沸腾的白色太阳，刺眼得几乎无法睁眼，可我的眼睛好好睁着，看着无限新鲜的一切。我大概明白，在那个时刻，我不是我，只是一缕微弱的意识，意识是不会感到刺眼的，刺眼只是感知的惯性。意识可以去任何想去的地方。我继续往上，直至整个太阳系缩成蚕豆那么大小，我身处银河之中，无数星球运转，仿佛近在咫尺。很难向你描绘银河的样子，因为人的视野太小，根本不能够穷其大穷其远。黑暗之中随时随地充斥巨大的如山崩一样的声音，轰隆轰隆，不绝于耳。我飘浮在无边无际的黑暗之中，周围是那些我叫不出名字的星体，在那里，我不是蝼蚁，也不是微尘，而是空无，不存在。

“我感觉自己蹿得太远，正不知怎么回去，忽然有人在喊我的名字，有人摇晃我的身体，意识一下子又回到地球，回到那个小广场上。

“我爸用手电筒照我，问我是不是睡着了。我没有跟他说我灵魂出窍看见了什么，我所见所闻，短时间内无法向任何人解释，我只是点头。我爸又说，死人了，赶紧走。广场的东南角确实围了好些人，警车的鸣笛声自远处传来。我站起身来，两条腿已经发麻，和我爸互相搀扶，走出这片宇宙力场聚集的地方，忍着剧烈的头痛，摸着夜路回家去了。”

我说：“这可真是新奇的体验，后来呢？这位蓝老师怎么样了？”

"呵，被抓了。判了死刑。"

"为什么？"这倒是个奇妙的转折。

"因为投毒。其实蓝老师根本没有什么特异功能，自然也不会调动什么宇宙能量，只是会配一些让人产生幻觉的草药，在幻觉中人上天入地无所不能。我猜里面有一些神经毒素，副作用很大，那次聚集中，有个老头连喝五六碗，当场死了。蓝老师隔天就被抓了。

"后来我爸开始做副食品批发的生意，开始忙起来，气功自然也不练了，这个话题渐渐从我家餐桌聊天里消失。我也不再提，不过还是会偷偷买一些特异功能研究的书和杂志。高三那年，走了狗屎运，竟让我考上了一个很不错的大学，在图书馆的报纸上看到了哈勃望远镜传回来的第一批太空影像。那些巨大的星体、五彩的星云、正在缓慢流动的星河，就在那次狮子座流星雨的幻觉中，我都见过了，甚至比望远镜拍到的还要精彩千万倍。一丝虚无的意识，曾经飘浮到那样的地方，以那样的角度，看过万物，逃脱了物理。如果这不是奇迹，那我就没有什么好说了。"

"你也说过，那是嗑药的幻觉。也可能是记忆偏差，将幻觉中所见的事物和现实对应，通常会出问题。"我话一说出口，已经后悔，无神论者的一切导向都是无神，而有神论者的一切导向都是有神，理解太难，反驳容易。

阿来虚弱地笑一笑，说："在幻觉中触的真实就不真了吗？"

"我不是那个意思。"我说。

“我学的是师范类，毕业之后是要去做老师的，还可以赶得上最后一批工作分配。不过我的理想是毕业之后，去美国研究特异功能。我查到美国有大学在研究特异功能，当时翻译作‘超心理学’，透视、遥视、预知等等都在研究范围内。日思夜想，有点着魔了。我跟老师说，想去美国研究特异功能，他们的表情和你一样，三分不解，七分嘲讽。我不在乎他们怎么看我，他们不曾知我所知，见我所见，自然不能理解。

“我在大学的时候加入了特异功能研究协会，那会儿几乎每省每市都有这样的协会，九十年代就式微了，变成骗子窝。我加入进去，不为别的，只为披沙拣金，找到其他真正拥有特异功能的人。两年间，我见到了许许多多自称怀着特异功能的人找上门来——撇去骗子，有一些人是真厉害。譬如有个人身体特别柔软，可以把自己折起来，塞进一个小米缸中；有人能过目不忘，扫一眼报纸，能复述内容，但这些不是特异功能，只是人的物理极限。真正的——像我一样，真正有特异功能的人，我只见过两个。”

我忍不住笑了，阿来是有些幽默感的人。

他看我笑，摆出教师的威严，说：“严肃一点，正说着严肃的事，不要笑。你发现没有？唐愚、我，还有这俩人的特异功能，有个最大的共同点——”

不等我回答，他自己抢答了：“没用，不只没用，还很好笑，宛如嘲讽。食之无味，弃之可惜。豁达点的人，比如唐愚，直接丢了；也有像我这样的人，一直抱着不放，妄图突破。我早该想明白，见过那么大的星云之后，我就应该明白，所谓的‘超人’，不过是超出常理，既然你们把常理划分得如此之小，超出是很容易的事。可是，有特异功能和没有特异功能是两回事，有特异功能的世界和没有特异功能的世界也是两回事。有些东西它不在常理之中，不符合规范，不遵循规则，但它们存在，就让人觉得松一口气，原来不是一切都是定数，不是什么都被精密的定理包裹着。”

他叹口气，引得我也叹口气。事实是，一切如常，毫无意外。

“你后来去美国了吗？”我说。

“当然没有。”他苦笑一下，说，“那时候能去美国的人都是个顶个的聪明人，我说过，自己是个笨人，能力有限，考上大学不过是走了狗屎运。不过，苏联解体之后，国际上关于特异功能的研究就走下坡路了。1995 年，美国停掉了有关特异功能的研究，‘超心理学’这个学科被除名了，我们国家也没人再对特异功能进行研究，各大特异功能协会和气功协会也悄然解散。到大学毕业之前，我已经转换了想法，想去做数学和物理研究，在脑中推演整个宇宙，找到那个能够涵盖特异功能的规律。”

“你最后去做了老师，教地理，地理和物理之间的差别挺大的。”我说。

“我学过量子物理，自学，不过硬件不行。”他指了一下自己的脑袋说，“越是具象的事物越好理解，越是抽象越难，学到一定阶段后，就会发现自己的脑袋原来是一团糨糊。有个很大很醒目的真理就在前面闪耀，但是你跑不动，追不上，只能看到光，却不知道到底是什么在发光。这不是普通人能做得了的事，就算我把脑袋想破，也想不出什么有用的东西来，可有些人的脑子倒像是为这个而生的。

“毕业之后，我顺理成章当了老师，分配在我们那儿最好的高中。你别看我这样，我是个很好的老师，教书很有一套，中学那点东西太简单了，语文、数学、物理都教过，成果不俗。

“后来校长说，我们学校少个地理老师，你去吧，我就去了。我娶了校长的小女儿，很快评了一级教师。我老婆赚钱上有点天分，很早就从学校跳出来搞高考培训班，做得很大……”

“你后来没有再给人表演过特异功能吗？”

“给我老婆表演过，也给我的小孩表演过。把弯掉的勺子给她们看，我老婆说，她有时候能看出来弯曲，有时候看不出来。我知道她在哄我，她根本不信。课余时，我也会跟学生说点特异功能的事，他们只当听笑话，把我当成个怪人。现实越来越狭隘了，人却越来越现实，孩子也一样。

“我有时候会想，特异功能会不会是我的臆想、偏执，是一场过分真实的梦境。每当自我怀疑时，我就去拿个勺子，看着勺柄在没有任何作用力的情况下，轻微地偏过头去。我知道它是真的，只是它不重要，没有任何用处，因此也不知道该往哪里放。我接受它是我的一部分，我也接受它是这个物理世界的一点意外，仅此而已。”

我说：“假作真时真亦假，无为有处有还无。”

天已经亮了，不像前几天那么明净透亮，有一朵强势的黑云压在地平线上。无论是狼还是狐狸、鹰隼，都已经嗅到危险的味道，各自找地方躲起来。我向远处眺望，仿佛看见什么。群狗不安，在院子里狂吠不休，大声制止无用。旅馆老板从里面探出头来，说，让它们叫会儿，等会儿就消停了。沙暴来临前，酿酒机器停掉，里面的啤酒必须全部罐装，所以沙漠啤酒免费敞开供应，只限沙暴这两天。我下楼拿了几瓶啤酒并两块饼，与阿来边吃边聊。我一直看向地平线，还想穿过地平线，看地平线的地平线。尽管我们已经身处空旷之地，碍于肉眼，那种遥视的渴望仍然很强烈。

“直到那日，2012 年 12 月 21 日晚，我像往常一样吃过了饭，但心里一直不安。”他指着那些狂吠的狗说，“和它们一样，感觉到有什么不好的事情要发生，但不知道自己将面对什么。我也不是没有想过，地球会突然间炸开，岩浆到处灌到处淌，或者一场巨大的海啸把全世界给淹了。哈哈，我也知道那荒诞不经，就算真的有末日，也不会来得这么轻易。我惴惴不安地睡了。

“半夜，大概两三点，我忽然觉得身体变轻，没有做梦，却半夜惊醒，醒来一身冷汗。第二天早上，我出门给孩子买早点，脚步变得很轻便，一沾地身体就弹起来，像踩着了弹簧一样，回去称了一下体重，少了六斤。我想，坏了，赶紧去拿了个勺子，盯了十秒之后，勺子纹丝不动。特异功能失灵了，以前从来没有过，更让我惊讶的是，它居然有重量，压在我身上。我一个人在房间里待了一天，手里一直拿着那个勺子，脑中一团乌糟。我老婆在外面一直敲门，我也不应，坐到天黑。一个明知无用的东西，在你的怀里揣了几十年，一下子拿走，也叫人无法适应。我本以为，它与我的肉长在了一起，是我的一部分，但它悄无声息地溜走了。”

“不告而别。”我说，“一定伤心。”

“不仅是伤心，感觉被抛弃了，就好比一个蚌，被人取走了珍珠，你说，这个蚌它会不会慌。我慌不择路，跑到网上去发帖，问他们，有没有感觉到自己的特异功能消失了。”

“有人回复吗？”

他苦笑，说：“很多，一夜之间五百多个回复。大部分人都是嘲讽，还有人劝我去医院看一下精神科。也有零星回复，说有和我一样的感觉，但他们那才叫臆想，话不能当真。这些事情，只能慢慢求证。我找了另外两个人问，他们的特异功能也消失了。我又特意去了一趟四川，想找唐愚，但没有找到，他早不知道去了哪里。好几年之后，我才得出结果——2012 之后的世界，缩小了，超出常理的部分全部被剪除了，平滑得像块新草坪。没有什么不解之谜了，一切都可以解释，可以发现，可以求证，真和伪之间的界限从此分明。从某种层面来说，世界末日确实发生了，只是不那么剧烈，肯定会有长期的副作用，但以我的脑筋想不明白。”

“一个没有了例外的世界确实变得更加无趣了。”我说。

“是啊，无趣，希望副作用仅止于无趣。”阿来说。

“就像‘卡子草’的失踪。”我们也许失去了一个更加丰富的世界。

他的眼眶仍然发红，喃喃地说：“对啊……”他起身走下楼，穿越群狗的吠叫，回到自己的房间中去，我也梦游般回到餐厅。

远处的那片紫色转为混浊的淡黄色，天色仍然晴朗，却有些错乱的风，似乎风也在逃窜。沙暴快要来了，旅馆老板已经将一切可能被吹走的东西拿进屋子或地窖，关掉发电机，狗牵入门，门窗掩牢。有两队旅客还在外面，暂时失联，老板说，他并不担心他们，向导懂得应付沙暴，沙漠里的人自然知道哪里可以躲藏。不过，这种级别的风沙他已经有数年没有遇到过，危险还是有的。

“每年都有人因为沙暴而死。”旅馆老板淡淡地说，“正常。”

风中开始夹沙，擦刮着房屋，如砂纸来回打磨，鼻翼里甚至开始有了一丝潮湿，嘴里也有了细沙，屋子里的陈年膻味，因为封闭更加明显，叫人头皮发麻。此时应该喝两瓶沙漠啤酒定定神。因为这场沙暴，浪漫且微醺的沙漠生活忽然震荡，滑向晦暗与危险，到了该回去的时刻了，城市生活在向我招手，还有半个月积压下来的账单，任性之后岌岌可危的工作。

我想起骆驼没有拴紧，担心它们会被沙暴惊到，冒着风沙，冲到骆驼棚。骆驼们坐下来围成一圈，互相埋着头。我把缰绳拴得更紧一些，脸被刮得生疼，又吃了满嘴沙子。

回到屋子里，短短十几分钟，天色已经全变，灰黄灰黄的，可见距离不足五米，屋里需要点灯才能看清。我坐在窗边，徒然看着窗外，一个黑色的影子在沙尘中若隐若现，逆着风沙前进，一会儿便不见影踪。我想，一定是骆驼的缰绳没有拴紧，跑出去一只。老板说，不用担心，骆驼比人更懂得如何应对沙暴。

其他几个旅客都待在房间里没出来，餐厅只有我和旅馆老板二人。我把阿来对我说的那些悉数告诉他，问他怎么看。

“你相信他说的吗？”我问。

他说：“早几年，也许是二十年前，附近村子里生活着一个先知，能够预言很多事。你在沙漠里丢了一个金镯子，他会指给你遗失之处。最近几年不怎么听说他的消息，可能老了，可能死了，也可能像那个人说的，世上的预言失效了。”

因为找不到蜡烛，我们只能坐在昏暗之中。风沙拍打窗户，我听着耳边的风沙声，想起多年前和父亲一起等候一场台风。

空气忽然不可思议地干燥，与数小时前的潮湿截然不同，气温骤降，窗外的树冠子被风拉扯，滚动着要向北而去。电风扇懒懒地吹着，我几乎要睡过去，又清醒地睁着眼睛，想等大雨到来，大雨马上就要到来。

“想象一下，台风的形成。”父亲说。他斜靠在沙发上，眼睛眯着，似乎要睡着了。

“嗯？”我像只小虾，蜷在他的胳膊下。

“要从太平洋开始，你是赤道附近的一滴水，蒸发了，升入空中，与其他的水汽紧紧团在一起，躲在一大片积雨云里。从地面看去，你们是一片翻涌的白色云彩。热空气上升，冷空气下沉，快速循环，云带不断扩大。地球旋转，云带逆时针旋转，形成热带气旋，周围空气涌向中心，又遇热上升，能量聚集，中心区域附近的风力升高，气旋中心的气压进一步降低——现在，它不再是一个热带气旋了，而是热带风暴，或者说，台风，超强台风，它像只巨大的蜘蛛趴在海面上，携带着几十亿吨的雨水往大陆飞奔而去，没有什么可以拦住它。它长驱直入，深入到内地，你落下的时候，直线距离已经移动了万千公里。过程太过激烈，可能连雨滴都会忘记，自己来自赤道最宁静的海域。”

雨已经落下，天已经全黑，雨声密集，几个小时倏忽即逝，我们没有开灯，也不知道到了几点钟，没有人来打搅我们。我只顾着听窗外的风雨，想象自己就是那颗水滴，在极短的时间内被风力裹挟，跨越千重万重，从不固定，又从未变化，世间一切与之相比，都如此渺小。等我回过神来，父亲的话正像果实落下——

“是不是奇迹？”

沙暴结束之后，通信一天之后才恢复，听说沙暴放倒了附近一座信号塔，抢修了一整天才好。

我们度过一整日无水无电的生活，许多设备被吹坏了，或者灌满了沙子，阳台上仙人掌连盆一起消失。我帮着清扫院子，把屋子里的东西搬出来，有些坏到不能用的，直接丢出去。忙完之后，又走到骆驼棚里，查看骆驼的状态，它们早已恢复了镇定，嚼着玉米粒。我数了数它们的数量，并没有少。我只怕数错了，又数了一遍，还是没少。但我曾见一个黑影走入狂沙之中，如果不是骆驼，那会是什么呢？旅馆老板说，也许是看花了眼，天色黑，看错了很正常。

到了晚上，我在餐厅吃饭，旅馆老板说，阿来还没有过来退房，去他房间看过，行李不见了，桌上放着几张现金，人不知哪里去了。他趁着沙暴离去了，车还停在院子里。我仍有些不可思议，沙暴中人寸步难行，阿来如何能够像骆驼一般，一步一步地朝西挪去。

我走出门去，朝着西方看去，想从中看出一个小小的人影，离开的，或返回的。无数无数的沙丘，绵延而去，其中并无阿来。

妻子打电话过来，说女儿在岛上退烧了，他们已经返回大岛，隔日就回程。

“也许真的遇到了鬼魂。”她说，“总是听他们说东南亚有些脏东西，碰到了会生病。之前不信，这次有点信了。我们在村子里散步时，女儿曾经从地上捡起过一根骨头，不太像动物的，倒像是人的胫骨，我让她赶紧丢掉。”

“应该是食物中毒吧。”我说。

妻子说：“回上海再到医院检查一遍。你回去没有？”

“准备回了。”

“这话你上次就这么说。”

“沙暴……”

“早点回吧。”她说，“你不能在那里待一辈子，我不喊你回来，你是不是就不回来了？”

“哪能，瞧你说的，我马上收拾行李。”

那些去往沙漠更深处的游客接连返回，大家谈论这场巨大的沙暴，都说这会是他们毕生难忘的经历。我问他们是否撞见一个长手长脚的男人，他独自一人往西去。大家都说不曾见过。我又在旅馆待了三天，想等阿来回来，始终没有等到，只好回到城市。

工作一旦恢复正轨，人便像陀螺一样转起来，渐渐无法顾及沙漠旅馆里的诸事。半年之后，我终于想起给旅馆打电话，问老板阿来回来没有。旅馆老板说，啊，那个人啊，他始终没回来，车在院子里停了太久，已经快报废了，正不知道怎么处理。

东来，本名华梦羽，生于九十年代初，长于中部小城，现居上海。原媒体人，现自由职业者，写过类型小说、杂志连载与专栏。获第六届豆瓣阅读征文大赛文艺组首奖。出版有小说集《大河深处》。

怪脚刀

王占黑

一

怪脚刀的真名叫什么，小区里恐怕没几个人说得上来：“我只隐约记得他姓诸葛亮的诸。”

一问起那个打牌打得很凶的人，大家就立刻反应过来：“噢，你说怪脚刀啊！”然后伸出一根手指往老年活动室的方向戳一戳。

这个凶当然不是坏的意思，是打得勤，瘾头大。好比我们说小官烧香烟烧得凶，就是讲他烟抽得厉害，搞得传达室常年乌烟瘴气。怪脚刀的香烟也烧得凶，不过他顶凶的还是打牌。不单单棋牌室归他管，就连这个名字，也是打牌打出来的。

那时候流行打一种“原子”，发牌前抽到一张什么，就规定它是刀，这个刀是单张里最大的，作抢分用。打完数一数，分多则赢。怪脚刀门槛很精，打一副原子，眉头一皱，嘴巴上早早放起烟雾弹：“哎哟！这下完了，清一色小牌。”手里却暗藏一把单刀，留到最后压分用。有时靠这一手赢下来，人家就沉着脸骂，不上路，玩阴的。怪脚刀得意地赔笑，一边主动拢牌一边招呼着：“来来来，下一副，下一副！”但更多时候并不如他所愿，打到最后，偏偏死在自己这把刀上，偷鸡不成蚀把米，吃相又难看，人家就笑他：“怪脚刀啊怪脚刀，一把刀砸在自己脚上咯！”怪脚，就是零头的意思。

响亮的绰号传开，这招就不管用了。但凡和谁打牌，人家心里有数，怪脚刀又要笑里藏刀了，便早早提防着，你有刀，我拿原子炸你，让怪脚刀回回都死在自己一把刀上。

后来怪脚刀索性不打原子了，改打红十，拖拉机，斗地主，照样动足脑筋要赢。有一阵专打麻将，没有一把刀，怪脚刀只做单吊，自摸，对对和，大家都吃不消怪脚刀，讲他胃口足，一心要做大。人家讲，打牌好比炒股，如意算盘打得越精，风险也越大，赢得快，输起来更凶。好在老年活动室是禁止赌钱的，不然怪脚刀定过着股民一样前脚暴富后脚倾家荡产的日子。

每天打到最后一局，赢了，怪脚刀春风得意。“朋友，明朝再会！”

输了，怪脚刀就不当你是朋友。“明朝做掉你！”

然后回身去够八仙桌脚一只热水瓶，往他的运动水壶里灌满这天最后一壶开水。那水壶本来是透明里带点蓝，和盖子一模色的，茶渍多年不洗，渐渐就脏成了黄色。茶水总是浑的，被冲过十几回合的碎茶叶又一次被开水烫得四下逃窜，拼命翻滚，最后没了力气，就慢慢沉下来，变成小时候那种养蝌蚪的泥浆水，瓶底含着颗颗杂质。等到把最后几个老头赶出活动室，怪脚刀关掉电器，锁好门窗，拎着这一壶泥浆水往回走。

“打——道——回——府！”

临走前这句固定台词，怪脚刀是一定要开国语讲的。他的声音很扁，却很响亮，常有人说他太监喉咙。怪脚刀就拎起两条看上去更像太监的细眉毛，同时往眉心皱去，回之以一个更响更扁的笑声来反驳：“帮帮忙，听听清爽，正宗老爷喉咙好吧！”他迈着外八，细脚杆底下拖着两只船一样肥大的旧篮球鞋，一对削尖的肩膀前前后后地来回摇摆，好像真的有很多侍卫簇拥在老爷周围似的，风光无限地回府了。

赢不赢，路上的人一听老爷的口哨声，心里就有数了。那口哨吹得欢的时候，比老爷的喉咙更尖更细。

二

不过每天早上，怪脚刀确实是像老爷一样被人簇拥着出门的。

大约八点多，几个老头吃过早酒，冲好头开浓茶，人手拎着一只玻璃缸杯，站在怪脚刀家楼下，曲项向天歌。

"刀啊，刀啊，快点下来！"

多年叫下来，老头们早已习惯省去前两个字，代之以更亲热的称呼。路过的邻居见势也凑热闹瞎喊："怪脚刀，抓紧啊，上班要迟到啦！"

怪脚刀就从六楼窗户里探出个秃脑袋，一副扁喉咙喊过去："来嘞！"

遂听见门砰的一声关上，接着是裤腰带间那串钥匙在楼道里飞快盘旋的声音，好像谁沿着楼梯摆了一串长长的电光炮，一点着，电光炮就噼噼啪啪从顶楼开始往下炸，炸到头，就炸出了一个站在楼梯口的怪脚刀：一张上下分明的脸，上半部分是小眼，秃顶，高额头，下面挂着半圈络腮胡，皮夹克，皮手套，腋下挟一个空的运动水壶。

怪脚刀深咳一声，歪头朝草堆里吐了口老痰。"走走走！"就和他们一道朝老年活动室走去，迎着早上八九点钟的太阳，新一轮激烈的益智锦标赛又开始了。

怪脚刀好几年没空吃早茶，每天早晨雷打不动，要送孙女上学。有时回来晚了，又上楼拿东西，几个老头在楼下催得紧。怪脚刀就从六楼放出一个高音喇叭："等一歇！"

随后从窗口扔出那串钥匙，一头扎着买菜的红色尼龙袋，像一顶小小的降落伞。但是钥匙多重啊，伞还没撑开，啪的一声，就摔进了老头眼门底的草堆里。他们捡起钥匙，扯掉尼龙袋，拍拍上面的泥灰，就先去活动室开门了。

这时六楼又传来一个高音喇叭："哎，先烧壶开水再上岗！"

可是老头们哪里有心思烧开水，每天准时在麻将桌前就位，是比从前准时进车间还要紧的一桩事情。要知道，活动室门口还杵着几位早到的同志，搓着手迫切等候上岗呢！

我家就住在怪脚刀家后面一栋楼。没工作的我每日睡懒觉，最烦听到几个老头子喊楼。不喊的时候，他们又要和楼下扫垃圾的、出去上班的人聊天，喉咙扯得老响，盖上被子也没用。我气愤地想，难道人的喉咙是年纪越大越洪亮吗，于是从被子里掀出一条缝，大叫老王："叫他们别吵好不啦！人家上夜班的都不要睡了啊！"说得好像我自己也上夜班一样。

老王说："没良心，老早同学来喊你上学的时候，怎么不见你嫌吵。"

小时候读书，每天早晨要和几个住在附近的同学一道走，我总是动作最慢的那一个。七点不到，几部脚踏车陆续汇聚到我家楼下，进入漫长的练声环节。有一个嘴巴利索："王占黑！你快点！"

另一个拖长着喉咙喊："王——占——黑——你——快——点——好——吗——"

越喊我越急，嘴巴里饭还没嚼完，衣服没穿，书包也没理。每个人轮流喊过了，他们又一起喊，像一个合唱团的几个声部，没完没了，没完没了。

有时我实在是太慢了，要做值日生的和要抄作业的等不及，撑脚一踢，就先走了。

后来学校周围抓抄作业抓得凶。我说："要抄来我家抄。"

他们就把车停在楼下，趴在吃饭桌上抄作业，我在旁边吃饭，这下大家都来得及了。至于要做值日生的，自觉分开行动，这礼拜不带他了。

但是不用抄作业的时候，我家前前后后几栋楼还是得和我一起承受那催命的叫喊。

这么想想，老头们这几声叫唤确实不算什么，那串噼噼啪啪的电光炮，甚至比不上无数次被按在枕头下面的一只闹钟。

而且老王说："老人说话大声是很正常的，他们耳朵不好，自己听不清，就以为别人也听不清。说什么都用喊的。"

现在老王说话也越来越大声了。大清早，他站在阳台上朝对面六楼喊："怪脚刀，你家两只狗又打起来啦！"

于是半个小区都知道有两只狗打起来了。

三

二十世纪九十年代的小区住到现在，有小孩的，小孩都走了，有钱的，看准房价搬迁了。剩下都是些老的，穷的，也有像赵光明这样新加入的外地人。一眼望过去，路上没几副年轻时髦的面孔，若要纠缠起来，却发现没一个好对付的。

小区中间有个老人院，岁数大的，没人管的，都放在里面。老年活动室就造在它对面，一栋两层的平房。二楼是老年图书室，除了四面八方捐来的旧书旧报，还配了几台电视机和电脑。时常有些老人揣着副老花眼镜过来读书，练字，通关，上网，看戏曲频道，也有纯粹过来吹空调的和睡觉的。有时看戏的声音太大，吵了闭目养神的，有时通关的长久霸占电脑，惹恼了排着队等上网的，彼此就要吵起来。一个个看上去颤颤巍巍，喉咙却都响得不得了。小区就找了个从前教书的老太太，有威信，有耐心，专门负责维护和平，也顺带便早晚开关。

楼下最早是腾给医院体检用的。一到免费量血压的那几天，看到活动室外面停着辆带十字的白面包车，小区里那些上了岁数的就从四面八方奔涌过去，撸起袖子管，捉住一个穿白大褂的，就朝他伸出一只肌肉松弛的手臂，乍一看还以为是来无偿献血的。后来街道配备了社区卫生院，老人们有了量血压的去处，医院也不用再来。小区就搬来桌椅沙发，端整好棋牌，门外立起一个手写的招牌叫作“老年健康生活区”，预备把一楼开发成休闲活动室。

棋牌棋牌，等到真的开发出来才知道，实际上是个偏义词，功能全都偏到牌上去了，哪有棋什么事。而且玩得动棋牌的人，基本上都不可能来自对面养老院，楼下迅速被小区各路中老年闲杂男性（及女性）霸占，渐渐地还请来了国粹麻将，环境愈发恶劣。

走进“健康老年生活区”一看，乡下烧秸秆一样，乌烟瘴气。昏黄的日光灯管底下，麻将系老头老太如同天庭里的神仙，在烟雾缭绕中游来游去，若隐若现，只有那几个明晃晃的秃脑袋，一座座小山峰似的扎进你眼里。沙发上卧着的，墙角靠着的，围着八仙桌观战的，扒开这些人，你才能看到长凳上坐着的，正在进行殊死搏斗的人——怪脚刀就在其中。两条细眉毛往中间涌去，三角眼眯成线眼，就知道他又在动脑筋了。一局结束，他刚要俯身去够桌脚的热水瓶，又忙着搭下一局，只能回过身来摸牌，木塞子就被倒扣在桌上。热水壶冒着浓浓的水汽，和烟雾一起蒸熟了墙上的挂钟，脸上的老花眼镜和一整排朝南的玻璃窗户。地上看不清，但踩过去软软的，就知道全是香烟屁股。几个老头坐在活动室外面，有徐爷爷，也有从对面养老院散步过来的。有人在里头待久了，出来吹吹风，也给老头们各发一根。徐爷爷就把它们夹在大耳朵上，过一会再抽。

下棋的老人起初是抱怨的："啥意思？我们没地方白相了？！"可是怪脚刀作为活动室常客，立马站出来讲："下棋的人，你有力气下棋，就应该走到公园里去下露天棋，石头上下棋，亭子里下棋，跑到这里来凑什么热闹？！"怪脚刀背后人多势众，下棋的嘴笨又老实，只好挪到楼上图书室去，反正下棋不出声音。

于是二楼还是老年图书室，一楼变成了不健康中老年人生活区。

四

到下午三四点，陆续有人闯进来，一边喊一边找。"某某某，回家烧饭啦！""某某某，去接小孩啦！"兜了一圈发现目标，就把他提前从天庭里抓出去。最幸福的是家里有老伴的，临近饭点，才托小孩进来喊："爷爷回家吃饭啦！"可是爷爷还牵肠挂肚这最后一副牌。至于那些家里没人的老头，自己随便弄两口吃吃，每天丢掉饭碗就过来打牌、看牌，到晚也不肯回家。但是活动室有硬规矩，要准点关门的。

老太太关好楼上，又下来催人："好了好了，好走了，明朝再来。"

他们还不走，就把老太太搞得不开心，有时甚至要拖到六点。秀才遇见兵，不开心的事何止这些，打牌的人个个暴脾气，莽性格，有时一副牌，几句话，闹起别扭来，管你是邻家还是对家，吵到后来就要动手。

"你打得来吗？"

"你打得来吗？"

"我怎么出牌要你管啊？"

"三句话就要掀台子。"

"啥意思啊你？"

"你啥意思啊。"

几个意思来来回回，又要出事情了。

老太太劝不住。好在怪脚刀每天都来，渐渐就开始扮演调停者的角色。他习惯带两包烟，一包扔在桌上，一包藏在皮夹克内胆里。有人吵架了，怪脚刀就伸手掏出那包高档的，一人发一根，又从裤袋里挖出打火机，主动给人点上。

"打个牌嘛，又不来钱，有啥好吵的，消消火，消消火。"在怪脚刀看来，只要不涉及钱，怎么都好办。

有时他也拿自己说事。"像我怪脚刀，副副牌算得这么精，还不是被人斩？想开点，小事情，小事情。"然后搭着其中一人的肩膀走到外面抽烟，或者把他们安插在不同的局里，一派江湖人的做法。

但是今朝吵完，明朝还是要吵要打。老太太说：“楼下这种流氓地方我管不了。”于是怪脚刀临危受命，成了老年活动室的秘书长。除了化解暴力冲突，每天负责准时开关，烧几壶热水，保管好空调遥控板就可以了。

怪脚刀走马上任以来，活动室一下显得秩序井然。农村干部管农村，他的办法是，把鸡和蜈蚣分开，猫和狗分开，各桌有了各桌的固定班次，便迅速进入了高速生产阶段。那些互相看不对眼的人，既然不在一张桌上打牌，也就不容易掐上了。按怪脚刀的说法，社会主义阵营和资本主义阵营要泾渭分明，才能实现世界和平。

更方便的是，中途闯进来寻人的家属也不用大海里捞针了，只要找到怪脚刀那只亮锃锃的脑袋，他就能飞快起身帮你把你家壮丁捉出去。还有那些记性差的，今天拿错帽子，明天丢了茶杯，怪脚刀总能帮你物归原位。看起来除了包干区卫生管不住，这里的一切事务，如同怪脚刀手上掐着的一副牌，尽在他的掌控之中。

有人就改了 110 的台词：有困难，找怪脚刀。好像怪脚刀是这地盘的片警。

怪脚刀一听夸奖，又讲起了蹩脚的国语：“开啥玩笑，我们联旁队的人，”他竖起一只大拇指，狠狠地往自己肩上一戳，“绝对比现在的民警灵光。”

五

从前小孩不听话，大人就要威胁：“不乖，叫联旁队捉你去！”小孩就吓得半死。

我小时候就吓得半死。在我眼里，警察是正义群体，联防队则是恐怖组织。他们不穿制服，却戴金项链，上班时间不在派出所待着，总是像流氓团伙一样在马路上晃来晃去，看上去一点都不正规。

后来我才知道，所谓的联防队，正如他们看起来那样，其实是支东拼西凑的杂牌军。公安局要建群众联防队，就到各爿厂里去讨人。厂里趁机把自己内部那些惹不起又辞不掉的野蛮角色抽出来，放他们去社会上维护治安，厂里就顺带便维护了自己的治安。而这些人通常早年也充当过社会的不安定因素，跑码头的，混江湖的，面相凶煞。以毒攻毒，竟然不失为好办法。怪脚刀就是其中的一员。

在没有协警和保安的年代里，联防队就好比是警察的替身演员，哪里有不安定因素，联防队就被派到最前面去。无事的平日，联防队像活动室里的人一样，路边打打牌，喝喝茶，一有风吹草动，收到命令，他们再慢吞吞地行动起来。街上出流氓了，谁家又吵架了，年关要抓小偷了，群众内部出了问题，联防队都得去插一手。管得好是分内，管不好，还要被老百姓骂。

回想起这段经历，怪脚刀总是很不服气。

“随便哪年哪月哪桩事情，我心里一本账清清楚楚。”他边打牌边讲，“公安局现在那几个小干部算几斤几两，看见我就像不认得一样，真气煞人。”

“人家拆台，你也就是在里面捣捣糨糊，不打架不受伤，称啥功劳。”

怪脚刀更不服了，一副牌倒扣在桌上，认真跟你讲：“联旁队联旁队，关键是要旁，你懂不懂？旁不住，事情闹大了，那肯定是自家性命要紧。譬如地震来了，你还管人家的死活啊？戆。”

联防队队员怪脚刀和活动室负责人怪脚刀一样，只管防暴，不管治暴，真起了冲突就抓紧跑路，剩下的让民警来收拾。

人家戳穿他：“又要瞎讲，防什么防，乡下去抓赌你怎么不防？”一下击中怪脚刀的软肋。

早年怪脚刀自己也赌博的，乡下抓赌他不敢去，怕眼熟的人认出来，连他一起告发。这种自掘坟墓的事情怪脚刀是不做的，他宁可在街头吹吹冷风，也绝不把自己搭进去。

后来联防队解散了，怪脚刀们又被派回各自厂里。厂里却不再担心内部治安问题了。一来是晓得这群人老了，闹不动了。二来是，闹了也没事，不影响生产——那时的厂多半已经停止生产了。

可是厂里不晓得，闹不动了，怪脚刀们还是可以跟你杠上，跟你没完。

怪脚刀还没退休，但他早就不上班了，偶尔去开个会，报个到。电控厂作为这座城市里苟延残喘的几家国企之一，发不出工资已经不是一年两年的事了。几百个老工人硬撑着不走，就是为了等到最后那笔买断的赔偿金。这是一场关于时间和耐力的比拼，工人们盼着厂子尽快倒闭，厂里则盼着老工人里能多几个提前翘辫子的，好减轻他们负担。谁活着熬到最后，谁就能叉着腰仰天大笑了。

怪脚刀成天一副笃定自己就要仰天大笑的样子，打麻将的时候也常常跟人炫耀自己幸福的晚年生活。他伸出自己两根手指，一根代表厂里买断的赔偿金，一根代表社保的退休金，然后两手一拍，得意地说：“老子咬紧牙齿一辈子，最能赚钱的日子就在眼门底了。”至于社区发给他的那份微薄的老年活动室值班费，怪脚刀早就宣称，到时候要全部拿到外面去赌牌。

“还缩手缩脚做什么不来钱的把戏？”怪脚刀讲，“老年活动，老年活动，不来钱活动个屁啊？赢了是奖励，输了是刺激，打完统统不算数，老年朋友活着还有啥劲道啊？一只脚早就踏进棺材里去了！”

说到棺材，怪脚刀又替那些生病早死的工友感到不值，但并非可怜他们，而是一脸不屑。

“人这一辈子，活是活给自己的，死么，是死给别人看的好吧，这点道理拎不清。钞票拿不到，别说这几年白等，几十年也算白来一趟了。”

他鄙视工友们意志不坚定，要死也没挑个好死的时辰。他讲：“妈个×的，换作是我，管他生啥毛病，只要一天拿不到钞票，老子就一天不会断了这口气！”

六

怪脚刀欢喜在打牌的时候讲话，联防队的事，厂里的事，张嘴就来。若是笃悠悠站在外围看牌，他就忍不住要指点江山，好像电视里那种打牌节目的现场解说员。

“呀呀呀，这张牌怎么能这样出的？”

“哎哟，这步走错咯！啧啧啧！”

一听到这副太监喉咙在耳边讲个不停，打牌的人就转头使一个嫌弃的颜色。耐性差的干脆打断他：“怪脚刀，嘴巴闭牢！”

等到真的输了，怪脚刀就很得意地讲风凉话：“你看看，我讲啥？是不是？”

到晚临近关门，几个老头还在磨蹭最后一副。怪脚刀就看得很不耐烦。他收拾好各处桌椅，终于走过来，一边观战一边催：“熬扫熬扫，打完滚蛋了。”

“哎哟，这张出掉算了！藏什么藏？”

若老头还在犹豫，他夺过一副快要赢的牌，朝桌子上甩一垛，又甩一垛，迅速了结持久战。这么一来，原本还想反败为胜的老头更不开心了，骂骂咧咧不肯走。

“你们当自己是啥？野战军啊？八年抗战啊？走走走！”怪脚刀骂个不停，直到把人逼走为止。

怪脚刀亲自坐镇的时候，就绝不肯讲牌面上的事了，讲了就是泄露天机。所以他像是放烟幕弹，又像是掏心挖肺，坐下来一摸上牌，就要跟你唠叨自己家里的事。六十个平方挤三代五口人，老婆什么事，儿子媳妇什么事，孙女什么事，一张嘴全抖搂出来。有些人爱听，听完还要回去在吃饭桌上讲给别人听。有些人则嫌烦，比如小官。光棍最厌恶人扯家长里短，他忍了几副忍不过去了，就骂："屁话少讲，出牌！"

怪脚刀勉勉强强逼出一张牌，继续讲。轮到下一回合，小官又催："叨逼叨，你用手打用嘴打啦？！"

一听这受辱的称呼，怪脚刀也光火了："又不能来钱，还不叫人讲话，那还有啥劲道！"一副要甩牌走人的气势。

"想赌你他妈出去赌！"

怪脚刀就不响了。他没钱。何况走出小区打牌，再没人情愿听他唠叨了。

有时并非怪脚刀独自在讲，要是碰到阿金这样的，两只碎嘴巴拼成一只，就变成说相声了。从国家大事讲到单位个人，讲着讲着，你讲你儿子，我讲我儿子，有时竟也能怄出气来。

阿金嫌怪脚刀的儿子太蹩脚，初中文凭。

怪脚刀就说："我儿子最起码待我好。"然后从皮夹克里掏出一包高档香烟扔在桌上，晃一晃自己脚下那双船一样的篮球鞋。

"当我戆啊？人家穿旧再丢给你，你还当宝货。"阿金非要戳穿他。

两个人就不开心了。

唯一能修补这种尴尬的只有怪脚刀的小孙女。她走过来伸出一只手，问怪脚刀讨钱。阿金就说："宝宝，你爷爷今天输得凶，阿金爷爷给你买。"于是掏出一张十块钱塞在宝宝手里。两个人就又能边说相声边打牌了。

尽管遭骂，怪脚刀还是喜欢打牌的时候讲个不停。他说打牌和运动一样，友谊第一，比赛第二，要交流牌技，也要注意交流生活。怪脚刀向来不打闷牌，活动室里，他常驻的那桌总是气氛最活跃的，选手加上观众，十来张嘴讲个不停，比隔壁一台麻将还响。

怪脚刀打牌的时候，赢了一副，他就要哭穷，手头怎么紧，单位怎么不上路，意思是假如算钱的话，这些钱我是理应收下的。若要输了，他就炫耀自己有钱，儿子升级啦，乡下地皮要拆迁啦，好事一桩桩报，意思是不怕输。哭穷的时候，大家就笑他："怪脚刀，快去你家铁公鸡枕头底下偷点钱出来。"

铁公鸡实际上是只母公鸡。怪脚刀的老婆下岗以后在超市打零工，每天早晚，一部电瓶车来去匆忙，又要上班，又要烧饭，从不和人多话。休息天在家，不是见她从六楼跑到底楼来生煤球炉，就是提着脸盆水桶去河边洗衣服，然而这些早就不被允许了。

活动室还没建的时候，怪脚刀经常在小区门口闵芬杂货店附近打麻将，几个人支一张八仙桌，搬四只骨牌凳，露天麻将没人管，偶尔小赌小玩。谁赢了大头，照规矩要请客买香烟。若怪脚刀赢了大头，大家就自觉敲瓦片，各买各的。

怪脚刀说："你哪里晓得，这个死老太婆，赢了不说话，照单全收，好像是伊赢来的。要是输了，连骂你好几天，连买彩票的几只铜板也一并没收了，气不气人？"

再后来，铁公鸡关照他："不要多赢，小来来，五毛一局够了。"怪脚刀睁大了眼睛说："人民币都叫啥，膨胀了，我们打麻将还停在计划经济的物价水平。你们听听，笑死人吗？！”

就连他家两只狗，怪脚刀讲：“本是养给孙女玩的，可是她老婆改不掉的乡下习惯，养狗看家，规定只放车棚，不能登堂入室。”

借由怪脚刀的诉苦，大家对他老婆的印象，都从“会做人家”变成了“一毛不拔”。以前妈妈一凶，老王就说：“油油油，要跟对面那只母公鸡看齐了！”妈妈就不响。好像谁要是变成了母公鸡，谁就很丢人一样。

但母公鸡自己似乎并不觉得丢人，她照旧去河边洗衣服，在楼下烧煤球炉，偶尔和几个老太太闲聊几句。邮递员前脚把超市的广告纸一张一张塞进各家信箱，后脚就被她一张一张回收进车棚里，预备卖给收废品的。两只狗坐在车棚外，专门负责看守自家几部电瓶车，怪脚刀一部，铁公鸡一部，小刀一部。

七

很多时候，绰号和姓氏一样，是可以传宗接代的。某种程度上，越是不上台面的绰号，越有生命力。比如大卵的儿子就叫小卵，萝卜头的儿子叫小萝卜头，赵光明的儿子叫小光明。大家都说，小官要是有儿子，就要叫做小小官，听起来好像“笑笑看”。小官不开心，他说：“你们再笑笑看哦！”大家就笑得更厉害了。老王从前有个一米七的对象，又高又瘦，人家在背后叫她大凹逼，后来就直接叫老王大凹逼。和我妈结婚之后有了我，人家就叫我小凹逼。我妈讲：“小姑娘叫这种名字难听。”所以长大之后，这个名字就被迫绝迹了。只有在小区里骑着三轮车卖米的那个人，他儿子再骑过来的时候，还是被叫成“卖米的”。我想如果阿金当年也继承到一爿秤店，或许大家也会像称呼汪和顺和汪德兴那样，称他为汪老板。

怪脚刀的儿子，理所当然要叫小怪脚刀。但是四个字里有三个入声字，念起来太费劲。于是约定俗成的，怪脚刀的儿子就一直被略称为小刀。小刀也是一把厉害的刀。

怪脚刀说：“我不要养儿子，我们联防队养出来的儿子，以后不是警察就是流氓。”结果他还是养出了一个流氓。

我读小学的时候，小刀读初中。每天放学回到家，从阳台望出去，就会看到对面楼下站着一群小青年，有男有女，身边停着好几部拉风的电瓶车。他们的书包扁扁的，头发黄黄的，还能把校服穿得很时髦，几个人在楼梯口晃来晃去，晃来晃去。那种晃法，看一眼就让我想起我妈口中那些“你稍微躲远点”的人。他们都在等小刀下楼。

怪脚刀和小刀讲话，总是隔着一栋楼的高度。

我记得小刀经常在楼下喊：“爸爸！爸爸！爸爸！爸爸！”

喊到怪脚刀听到为止。“做啥！”

“帮我书包丢落来！”

然后就听到啪的一声，一只书包摔下来。

有时换一个人在楼下喊：“强强！强强！强强！强强！”

喊到小刀答应为止。

“钥匙丢落来！”

然后又听到啪的一声。

他们一家人好像总是要忘带东西，整得就包个尼龙袋报纸什么的，直接扔下来。碰到散的，竟然能从六楼窗户里吊一个菜篮子出来，像倒车一样，一个人作业，一个人大声指挥："下！慢点！下！"最后晃悠悠地到达地面。篮子里有时是一个不锈钢饭盒，有时是一部手机。这种情况常常发生在中饭过后，喊得太久，吵到了午休的邻居。就有人探出脑袋抗议："喊什么喊！叫魂啊！"

小刀以一种比怪脚刀还凶还响的年轻人喉咙大骂："关你他妈啥事情！喊得半个小区都听到了。"

对方就不敢响了，怪脚刀也不响。

有件事我也一直不敢响。几年级我不记得了，吃过中饭，我妈让我带一盒长得像贝壳的外国巧克力给班主任。走出十分钟，我在桥上碰到了小刀，身后围着那几张经常从阳台上看到的面孔。

小刀走过来，朝我手里看了一眼。我主动问了个好。

"小刀阿哥。"

"喊我什么？"

"噢！强强阿哥。"我才想起小孩不能乱叫绰号，赶紧改口。小刀叫诸什么强，和阿金的儿子叫的一样。

"手里啥东西，拿来看看。"

"巧克力。"我想都没想，话没说完就很㞞地献上宝了。

小刀拆开包装，我心头一凛。只见他的手指沿着铁皮盒子兜了一圈，最后停在某处，自己率先挖出一粒抿在嘴里，又把盒子伸出去，身边每人挑了几粒，剩下的，连同铁皮盒子一起还给我。他说："小凹逼，走吧，读书去。"

我就跑了。

到了学校，我也偷偷抿了几粒，多出来的分给要好同学。藏好铁皮盒子，预备带回去装东西。

到晚我妈问："送了吗？"

我说："送了。"我不敢响。老王说过："别人打你，你若是不敢打回去，就别哭着回来找我。打不过，你就自己吃瘪。"

我想了想，觉得自己肯定打不过小刀，也犯不着为了一盒巧克力去打。再说，换作上交给老师，我一粒都吃不着，现在托小刀阿哥的福，我自己也尝到甜头了。我干嘛要打他。

所以我选择自己吃瘪。

后来铁皮盒子放在抽屉里被我妈发现了，她骂了我一顿。我还是不后悔，我发现自己不仅吃到了巧克力，还留下了好看的盒子。这一切多亏了小刀阿哥的流氓作风。

但是小刀阿哥最流氓的，是他有一天打了他老子怪脚刀。

我不记得是什么原因了，也许本来就没什么原因。总之当时那群小青年就站在他们平时所站的位置，而我照旧站在阳台上。持久的争吵声一定引得很多邻居像我一样，把脸贴在自家阳台或灶头间的窗户沿儿上，怀着兴奋的情绪隔岸观火。

过了一会我看到怪脚刀拍了小刀一记巴掌。

随后就是小刀往怪脚刀身上踹了一脚。怪脚刀摔在地上，没有一个小青年去扶他。

怪脚刀说："你走好了，有本事别回来。"

小刀就像电视里的人那样，毫不犹豫地招呼其他人开着电瓶车风风火火地离开了现场。接着我听到近处远处很多次关窗户的响声，没有人喊话。怪脚刀已经自己爬起来，走到车棚里去了。

那时我想起怪脚刀打牌的时候说："我们联防队的人务必要养女儿，不能养儿子，儿子像老子，就一定会超过老子，养出来不是警察就是流氓。"所以小刀变成了比怪脚刀还流氓的人，怪脚刀打不过，怪脚刀只好跟我一样，自己吃瘪。

八

很久以后我才知道，原来在小刀之前，怪脚刀有过一个女小刀。似乎联防队的人养女儿，就能摆脱这种宿命的堪忧。有人说，女小刀很乖很聪明，像怪脚刀的孙女一样，也到了要去上小学的年级。然后被卡车撞死了。

这事情发生在怪脚刀搬来之前。牌桌上的怪脚刀什么都讲，就是没讲过女小刀。不知道的人一直都不知道，知道的人从不敢开口问。直到有一天杂货店的闵芬老板娘在外面进货的时候听得了这件事，她肯定吓了一大跳。于是几乎在同一天，小区里好多女人也都知道了。

她们说："怪不得，自从小刀给怪脚刀养了个孙女，怪脚刀就像家里请来了一位神仙，天天供着，百依百顺，一切全包。"

那年打完老子，小刀并没有像电视剧里那样，一气之下再也不回家。我想，也许我所见到的，不过是无数次冲突中的一次而已。小刀初中毕业，连技校都没去，直接干了好几份工作，最后在一个带星级的酒店里当服务生。每天朝九晚五，一套西装上身，看起来斯文很多，楼下也不再有杂七杂八的小青年晃来晃去。怪脚刀皮夹克里藏的那些引以为豪的高档香烟，就是小刀时不时从酒店里带回来的。后来小刀当了领班，认识了外地来的女服务员，不久就生了小小刀。他们一家三代五口人，挤在六十平的顶楼，仍然时不时隔着一栋楼的高度喊来喊去。

怪脚刀的孙女都会喊了。“爷爷！爷爷！爷爷！爷爷！”

喊到怪脚刀听到为止。

“爷爷下来白相！”

怪脚刀一点也不磨蹭，飞快地跑下楼了。

爷爷常常在楼上喊：“宝宝！宝宝回来吃饭！”

小小刀就从某一栋楼后面钻出来，乖乖上楼去。

从婴儿到小学生，小小刀就像怪脚刀身上一只拖油瓶，样样事情都是爷爷拉扯大的。爷爷在小区门口打牌，她就在白场上找小朋友玩。爷爷到杂货店外面搓麻将，她蹲在赵光明家门口找事情干。爷爷在活动室，她就自己上二楼看电视。没有早教和兴趣班，小区里也有学不完的新鲜事。玩到肚皮饿了，她就领着一群小朋友走过来，伸出一只手。“爷爷，要买东西。”怪脚刀虽然口袋扁扁，宝宝要多少，他向来是一口答应的。

小区里的老头，小小刀个个都认识，嘴巴甜，走到哪里总是这个爷爷，那个爷爷地叫着。于是全小区的老头都变成了小小刀的爷爷，得了什么糖，什么水果，什么稀奇宝物，就要送给小小刀。小官爷爷的小黑狗生了新狗，就抱过去两只给小小刀。

“小官爷爷，这两只狗叫啥名字啊？”

“宝宝，这只叫怪脚刀。这只么？叫刀脚怪，好不好？”小官笑得直不起腰来。

小小刀很开心，蹲在草堆里玩狗。怪脚刀就也很开心。

无数个白天，怪脚刀和刀脚怪就在小区里跑来跑去，小小刀跟在后面跑来跑去。路上的人喊：“怪脚刀，过来！”一只狗就朝他跑过去。下班回来的人喊：“怪脚刀，好回转了！”他们就摇摇尾巴回到自家楼下。有时乱叫瞎吵，怪脚刀就从六楼伸出头喊：“不准吵！”两只狗就不响了。每天晚上，怪脚刀和刀脚怪睡在车棚里，小小刀睡在六楼，他们也隔着一栋楼的高度。

读书之后，怪脚刀负责早上送孙女上学。一辆电瓶车，小小刀坐在爷爷后面，小书包搁在电瓶车尾箱上。一开出去，怪脚刀和刀脚怪就一路跟着追啊追，像排出两道黑黑的尾气，一直追到小区门口。怪脚刀转头喊：“回去！回去！”它们不敢穿马路，走回自家楼下，或随便找个地方玩起来，像小小刀还没读书的时候那样，自由自在。

到放学回来，小小刀由奶奶和爸爸接送，有时要去这个班那个班，她总是匆匆上楼，没空和两只已经变成人狗的老朋友玩一会。人一岁，狗七岁，小小刀长成小大人的时间，怪脚刀和刀脚怪已经长成真的大人了。

老王说：“宝宝现在不乖，读了书，看见大人都不叫了。”老王也是那些送宝物的热心爷爷之一。但他更喜欢和怪脚刀和刀脚怪一道玩，他讲：“还是狗好，你喊一声，它大老远也要冲过来朝你叫两声。”吃过饭，老王就要下楼去给它们送点吃的，出门散步，也要特意绕过去看一眼。下雨天他站在阳台上，看着对过两只老狗追来追去。追到草堆里，老王就大喊：“怪脚刀，泥地里不要过去！”

九

近几年，怪脚刀反复在牌桌上讲起的，是他老婆在乡下的一块地皮。听说政府要征去挖马路，他就能赔到一套拆迁房。这套拆迁房和怪脚刀日日念着的买断金一样，总是感觉要来了要来了，却迟迟没有来。

怪脚刀竖起三根手指，买断金加退休工资，又多了一套拆迁房，怪脚刀两手一拍，大笑：“这下好了，有吃有住还有小金库，哈哈哈！”人家就笑他：“啥小金库，都压在大公鸡枕头底下呢！”

怪脚刀就说：“滚滚滚，到时候就叫伊滚。退休是我退，买断金是我断，轮得到伊来抢。老子缩手缩脚一辈子，以后就要乱来。谁管老子，我跟伊分开过！”

可是小金库还没来，怪脚刀就先出了一大笔血，怪脚刀的儿子又结婚了。小刀这次讨了个本地老婆，年纪稍微大一点，长得也要好看一点。比起不声不响就搬过来住的上一个，这一个排场很大，有婚纱，有车队，有录像，肚子也有点大，看起来花了不少钱。据说这算是以前亏待小刀，现在补偿一下。唯一不变的是，婚房还是在六十平的老房子里。总有人讲，太蹩脚了，结两次婚，一套房子都没。但这只是装装样子，婚后小刀就搬出去了，住在新老婆家的大房子里。六楼就剩下老两口和小小刀。

至于那个外地老婆去哪了，怪脚刀讲："我不管他们年轻人的事。"反正都搬出去了，他也管不着。何况少一个人，就少一口饭，这一点母公鸡是很高兴的。

母公鸡更高兴的是，小刀重新找了个老婆，就有机会给她生个孙子。而怪脚刀则一脸鄙视地讲："他们乡下人，天生重男轻女。"

联防队的人养出来的孙子会不会也是流氓，这一点怪脚刀好像从没讲起过。他也不需要讲了，半年不到，怪脚刀又得了一个小孙女。他高兴得不得了。

怪脚刀拿着手机里的小孙女照片，像派香烟一样给活动室的人轮流看一遍。"像我吗？像我吗？"

牌桌上有人问："你家铁公鸡花大价钱讨个新老婆，结果又养个孙女，怎么样？要不要房子卖掉再讨第三个啊？"

看牌的人笑得不行，说："怪脚刀要变成人口贩子了。"

怪脚刀说："帮帮忙，卖什么房子？喝西北风啊。我看嘛，再来一个还是孙女。我就喜欢孙女。"

所幸的是，后来可以生二胎了。母公鸡估计要高兴地叫起来。更高兴的是，没过多久，怪脚刀念叨一万遍的那套乡下房子总算到手了。有新孙女，又有新房，双喜临门，怪脚刀每日春风得意。赢了输了，都夸自己有钱，要翻身了。

有了钱，怪脚刀就想再拉扯一个孙女。可是这次的本地媳妇眼光高，一看怪脚刀这副样子，就坚决不同意把小孩交给他领，非要带回去给自己父母。小孙女不来，小刀和新儿媳也不来，怪脚刀就抱怨儿子被女人抓走了。

儿子不来不要紧，小孙女是心头肉。怪脚刀生气了，那一阵每天都在活动室愤愤不平。他讲："啥叫我这种人？我这种人怎么了？不要看不起人，我们不管是厂里还是小区里，都是正经做人的好吧！"

母公鸡就劝他："算了，少领一个小孩少一份负担。"怪脚刀不同意，他拎起眼睛说："我的孙女，随便怎么样我都要天天见到！"

大家就觉得他蛮不讲理。孙女又不是自己女儿，怎么能天天见到。再说你已经带过一个，另一个给别人带也很说得过去。可是怪脚刀偏偏要钻牛角尖，坚决咽不下这口气。小刀每来一趟，怪脚刀就要讲条件讲道理，好几次听到对面有大动静，以为又要打起来了，然而并没有。闵芬就讲："你们也要想想怪脚刀，丢了女儿，孙女肯定要是心肝肉啦！"

小刀再过来，是来问怪脚刀讨乡下的房子。怪脚刀的回应是："房子给你，但是孙女要带过来，最起码一周管一半。"小刀同意了。

乡下的房子给小刀了。可是小孙女并不能常住。来一趟，新媳妇抱怨一趟："这种活动室乌烟瘴气的，小孩可以进去啊？

你这两只狗不打疫苗，养了是违法的晓得吗？小孩咬一口不得了！”又抱怨他家太小，住了一个住不下两个。每次来都是匆匆吃过饭就走。

小孩再来，怪脚刀就不打牌了，抱着小孩在小区里走来走去，像在四处献新宝贝。可是到晚饭边，小刀下班顺路就要把小孩接走。有些事怪脚刀回不过嘴，他竟然也不想反驳。看起来怪脚刀在小刀面前早没有威信了，小刀说要来接，怪脚刀就只好按时把人送到门口，有时大的小的一起带走，怪脚刀也不响。

怪脚刀没有如愿领到小孙女，现在他像小区里其他老人一样，等着小孩来一个电话，等着他们周末过来吃个饭。来一个电话，吃一顿饭，他就高兴得不行，提前一天买好很多很多菜。

大家说：“怪脚刀藏了这么厉害的一把刀，结果还是给小刀骗走了。”

阿金总是幸灾乐祸，他讲：“老子的房子留给儿子，天经地义，怪脚刀算太精，自己倒霉。”

怪脚刀就为小刀说话：“都是那个女人出的主意。我老早晓得伊，要我房子，不要我这种邋遢人。”

这次怪脚刀砸了刀，还是没赢。

十

好在怪脚刀还有这间活动室。一个人管一间房，就好像这个人完全拥有了这间房似的。怪脚刀每天早出晚归，他坐在活动室最吵的那一桌上，一边打牌，一边讲话，照旧说自己现在有钱，不怕输，可是没人相信。大家都知道，怪脚刀花了大钱办事情，又没了房子，哪里还有几分钱。单身怪脚刀是自信的，打牌有一种说法，输到空，意味着就要赢个大了。怪脚刀的买断金马上就要来了，退休金也要来了。他的工友里，病死的越来越多了。怪脚刀说："我不像他们，我想得开，又有耐心。那帮贪污东西要从我手里省掉这笔钱，想都不要想。"打牌的人就接话："怪脚刀出怪牌，我们看不懂。"

母公鸡还在楼下回收广告纸，多收一张，就多一分钱。杀鱼，杀鸡，母公鸡从不在菜场里杀好，她把鸡绑在楼下的大理石长凳上，从车棚里拿出一把刀，自己磨，自己杀，流出来的血总是淌了一地。路过的人就只能绕行。碰到爱干净的，放出话来："杀完拿水冲干净啊，泥心。"

"不要紧的，避邪，避邪。"母公鸡笑着回话。

小小刀也搬去住大房子了。六十平的房子变成两个人住，宽敞得很。再宽敞，车棚里的两只狗还是不能放上来。怪脚刀每天带着他们来来去去，像一个大爷带着两名随行侍卫。

有一天怪脚刀在我家楼下喊："老王，老王，在家吗！"

老王喊他进来，怪脚刀手里拿着一瓶什么药。

"小王，你帮大伯伯看一下，上面写了两句啥英文？"他们习惯把所有外国字都看成是英文。

我查了一下，德文，大致是治血管软化的保健品。我给怪脚刀讲解了一会，治什么病的，怎么个吃法。他拼命点头。"哎对的对的，强强也是这么讲的，但是我想不起来了，哈哈哈哈。”怪脚刀笑起来好像含着一口冷风，哈一次就传来嗖的一声。随后他深咳了一下，转身去我家卫生间里吐痰。小眼细眉高额头，他一讲话，额头上就裂开了五六道横皱纹，眉毛带点灰白，眼睛就更细了。怪脚刀开心地讲：“他们去外国旅游带给我的。”

我忽然又多看了一眼，发现瓶底那个日期好像就是下个月。我指给怪脚刀看：“大伯伯，不要吃了，快到期了。”

“啊？”

他愣了一下，嘴张成一个小小的“O”，说完半天也没有合拢。又犹豫了一会，怪脚刀说：“不要紧的，我抓紧点，每天多吃几粒，很快就能吃完了。”

“规定了一天吃几粒，不能乱来的。”

“保健品呀，”怪脚刀说，“又不是药，吃不死人的。”他拼命摇手，“我抓紧点吃掉，叫我家老太婆一起吃。”

我就不好说什么。

老王要给他泡茶，他说：“不用啦，不用啦，我等会去活动室自己烧。”腋下夹着空的运动水壶，陈色很深，看起来像从前烧水铜管里那种一抹一手指的污垢。

“我走啦，我走啦。”他从客厅走到门口。我突然发现他的脚很小，又短又窄。怪脚刀常年穿着篮球鞋，两根撑船的细竹竿倒插在两只长长的乌篷船上，我小时候总以为他长着一副田鸡的蹼。怪脚刀靠在门边，一只脚上了船，鼓鼓的，一点也不晃来晃去。手里拿起另一只船，稳稳地伸出脚来。

老王说："怪脚刀，这双鞋时髦来。"

怪脚刀就笑。一笑人有点站不稳，鞋里有一只纸团掉出来，落到地上。

小时候买新鞋，回家头一件事就要把鞋里的纸团全部扔掉，然后兴奋地把脚踩进去。好像穿了新鞋，自己也有了一副新的身体。

"我家老太婆想得出吧！哈哈哈哈。"

怪脚刀弯腰把纸团捡起来，塞进鞋里面，另一只脚也飞快上了船。我把那瓶保健品递给他。

一开门，怪脚刀和刀脚怪在门口等着，舌头伸得老长，像两个守候多时的侍卫。

"走了，老王！"

他那串钥匙噼噼啪啪地在我家楼梯上飞快盘旋，怪脚刀和刀脚怪在后面跟着，一左一右。怪脚刀晃荡着两只肩膀，好像老爷出庭一样，吹起了口哨，一脸神气地朝活动室走去。

路过的人喊："怪脚刀！"

怪脚刀对你哈哈笑两声。另一只怪脚刀不会笑，只能朝你冲过来乱叫一通。

王占黑，1991年生于浙江嘉兴，毕业于复旦大学中文系。作品散见于各文学杂志，有小说被《小说月报》《小说选刊》转载，已出版《空响炮》《街道江湖》。

清凉剂

离　鹿

我没想到会在长大的地方迷路。

那是春天的傍晚，天气不太凉也不太热。我闲在家无事可做，眼看要长毛。于是约了一个朋友，叫他帮忙找个活儿干。可能是我太挑剔，总惯着自己，到最后朋友无话可说，谁都不开心。

回程途中，正好经过长大的地方。说来挺遥远，其实距离现在的住处还不到一小时车程，多少年也没回去看一眼。和司机反复确认了地名，又拿手机查电子地图，才敢确定，这就是我长大的地方。即使如此，下车后还是脑袋一蒙。

眼前是一条挺窄的路，南北向两条单车道，步行道也就一人的宽度，要是两人并肩前进，其中一个非得躲着行道树画龙。向北直行，左边是一排店铺，右边是遮住夕阳的高档公寓。社区正门口立着喷泉和雕像，金色的阿波罗神驾着马车，手拉缰绳无路可走。街上没有穿校服的学生，接孩子的家长，摆地摊叫卖的小贩，什么人都没有。要是拿斧子劈开我脑壳，抽出这条路的模样，那一定是：熙熙攘攘，宽得没边儿，右边是连片的厂房，左边是灰不拉几的苏联板儿楼，冬天能闻见远处电厂的煤味儿，夏天得格外留神，树上都悬着吊死鬼儿。

天很快黑了。路灯稀薄，雾气弥漫，街上瞧不见人影。成排的店铺已经关张，路过自助银行门口，灯光陡然亮起，谨防诈骗的语音提示吓了我一跳。

抬头朝对面几幢高档公寓望去，大厦耸立夜幕中，好像连排的巨人墓碑。没有一扇窗亮着灯。

此时我肚子咕咕直叫，为了省钱，请朋友吃饭的时候故意说不饿，愣是干嚼了十多粒花生米。更沮丧的是，手机没电自动关机，真是格外应景。

斜前方有三家紧挨着的店铺，分别是修脚的、卖西点和台湾奶茶的，写着“营业”字样的霓虹标识熄着，可我还是看见了那条路。它紧靠着奶茶店，没有路灯，地上净是水坑和苔藓。路的深处，有一样东西吸引了我的注意。那是一根锈迹斑斑的铁管，从砖里直伸上来，在大概两米高的地方九十度拐弯。

我记得这玩意。小石块扔进去，能听见好久的回音。这是通风道。按照父母的说法，这一带地下有数不清的防空洞，后来变成储物仓库，大多存的是居委会老太太的白菜，再后来干脆腾空，打成隔间租给外地人。

沿着路往里走，是另一个社区。这里楼房低矮，仍然没有亮灯的窗户。垃圾堆在路中央，碎石和装修废料摊在地上，塑料袋如幽灵一样随风飞起。与其说是社区，不如说搬空后没有拆除的贫民窟，好像有人下达了紧急撤离的指令，随后被遗忘了。

我既想看到更多童年的缩影，又打心眼儿里害怕，这黑咕隆咚的地方，要是突然蹿出俩不法之徒，我就交待在这儿了。于是想顺着之前的小路出去。

猛地一回头，发现社区另一方向，经过来时的小路再往前走大概二三十米的地方，有灯火亮着，门口还有横着的霓虹招牌：工薪家常菜。我记得这招牌的名字，它是隶属工厂的饭馆，我第一次吃宫保鸡丁就在这家馆子里，还是我爸夹了鸡丁泡进茶杯涮涮，去掉辣味才送进我嘴里的。但它不应该在这地方，也许是换地址了？

我走近，心里犹豫。右拐出去，直走有吃的。最终，饥饿和好奇心战胜了恐惧。

屋里没什么人，也不太干净，好像上个礼拜洒的啤酒和前天的烟味仍在里面。收银台后面坐着个穿红毛衣的女人，说不清睡着还是醒着，总之歪着脑袋无精打采。角落里有个穿工装外套的中年男人，满脸胡茬儿，面前摆着几道菜和空酒瓶子。

我进来的时候他抬眼瞥了一下，随后迅速地耷拉下去。我到收银台问，还有吃的吗？

女人抓鼻子抓了好一会儿，然后勉为其难地承认，后厨大概还有点剩的。

我饿得发昏，跟她说无论剩什么都没事儿，做点能吃的就行。

她拖着身子起来问，喝的呢？

红牛有吗，我说。

什么玩意，她说。

加多宝也行，我说。

女人比之前更迷茫了。然后她说，那边还有几瓶绿棒子。接着递给我一起子。

我从门边的啤酒框里抽一瓶燕京，起开，拉出塑料凳，坐在一张黏黏的木桌旁，拿玻璃杯盛了，喝了两口酒。这瓶燕京无论看起来还是尝起来里都比以前喝的要浓，度数赶上精酿了。也许是假酒，或者放过期了？我没喝过，不知道，心里只盼着吃的赶紧上来。

大概十多分钟吧，红毛衣女人挑开后厨的门帘，往我面前摆了一盘东西。十八块钱，她说。

我付了账，仔细端详盘子里的东西，除了米饭还有几条肉丝，蒜苗，豆芽，白菜还有几块土豆。大概是我见过最杂碎的盖饭了。不过顾不上那么多，我抄起勺子狼吞虎咽起来，啤酒也喝了大半。虽说肉丝硬得难以下咽，其他菜还有一股地沟油的味儿，但真是应了那句话，饿了吃什么都香。

没过一会儿，有人推门进来，脚还没迈进屋，声音先呛进来：提壶清凉剂！

进来的人瘦高个儿，板寸，有点驼背，脸上惨兮兮的样子。他进屋瞥了我一眼，径直坐到工装男对面，也不打招呼，拿起筷子就夹菜。

红毛衣女人走进后厨，手里提着暖壶送到桌上。暖壶里的饮料倒进玻璃杯，液体是深棕色的，上面浮着一层泡沫。

我吃得差不多了，心里纳闷，频频往那桌瞥。瘦高个儿也往我这边瞧。两人不说话，只是吃喝。没一会儿，瘦高个儿不耐烦了，走到我面前问，小伙子看你眼生，几车间的。

什么？我不知道怎么回答，脑袋里一团糨糊。

他说，看你这样儿，也是大学生吧？

工装男把暖壶往桌上重重地蹾了一下。

瘦高个儿回头，接着问，你姓什么呀，是不是外地人。

他说话很难听，向上勾的语调像是在挑衅。已经很久没人明晃晃地亮出“外地人”这仨字了。我没头没尾地回了句，我爸是厂里的，姓尹，我不是。

瘦高个儿听了，接着又回头。工装男说，三车间的老尹。瘦高个儿听到这话，眼神陡然变了，盯着木桌上的酒瓶，拍拍我肩膀说，孩子，这边一块儿吃吧，都不容易，别喝这玩意了，厂里的就该喝点清凉剂，再不喝就没喽。

我既惊讶于这人态度的大转变，又好奇那盛在暖壶里的稀罕饮料。嘴里问着那是什么东西，身子已经开始挪动了。

瘦高个儿喜笑颜开，冲红毛衣女人又要了一壶，然后跟我说，还以为你是谁家的远方亲戚呢。工装男满脸不屑地瞅了他一眼，说，别犯二了老薛，听不出来这嘴京片子？这是我第一回听他说话，破锣嗓子，铁锈味儿，难听得像被酸烧过。

瘦高个儿苦笑说，厂里孩子好，有书读，赶明儿比咱们有出息。

正说话间，女人端来第二壶清凉剂。工装男接了，拔掉木塞，找一干净杯子倒满了，摆我面前。他说，没喝过先抿一口。说完吊着眼看我。

我明白这话的意思。满口灌下去，玻璃杯见底。味道就像北冰洋和啤酒的混合物，不过比那浓郁得多了，扎进嗓子有股辛辣的感觉。工装男嘿一声，好小子！大手压在我肩膀上使劲揉搓。

他说，这玩意是咱厂特产，外人没这口福。

视野里，工装男又倒满了，接着两人碰了一杯。我浑身发热，模模糊糊地感觉这东西有点熟悉，忽然想起“清凉剂”好像在爸妈的谈话中出现过，具体是怎么回事不记得了。他们嘴里的厂子，恐怕就是爸妈待过的北京合成实验厂，那时候还没有办公室恋情这么一说，应该说是车间恋情，工人阶级革命友谊。

思绪乱走，差点错过眼前的谈话。

瘦高个儿说，老董你去一趟吧。工装男说，不去，我明儿早上才上班呢。瘦高个儿皱眉说，老哥几个都等着你呢，谁不知道咱厂的聚合你是一把手啊，就眼睁睁看着咱厂给那王八蛋大学生搅黄了？好料混着农药进来，倒进聚合管里，还要往里添好料，这是什么鬼主意？工装男说，我早就说了，停车排料，懂什么意思吗？他的声音瞬间高昂，好像有人突然敲了钟。瘦高个儿说，你别急，我当然懂了，就真没别的招儿了？你也知道二车间今年什么效益，连着停车半年，每月给大伙儿发两百块钱，按你的主意得停车大修一个多月，大伙儿是真耗不起了。工装男说，那你们就听大学生的往里添吧，看看添多少吨好料才能冲走那些杂质。大学生洗过聚合管吗？他知道聚合管里面什么模样吗？杂质在聚合管里会挂壁的，都是指甲盖儿大小的黑色结晶，检修的时候得放乙酸烧，拿水泡，再用砂纸动手磨才能搞掉，指望添好料就能冲走杂质？玩儿去吧。

两人陷入沉默，喝酒，有一搭无一搭地夹菜。桌上东西早凉了。

工装男沉着嗓问，你媳妇怎么样，买断了吗？瘦高个儿两眼发直，盯着酒杯说，不买能怎么样，四车间都买了，去年三车间闹成那样，最后什么也没落着，还闹什么闹，我媳妇跟咱厂待了十七年，不到三万块钱就给打发了，现在让她去找工作，还能干什么呀？他突然激动起来，老董你就当可怜可怜我，可怜可怜咱闺女吧，年初我答应带她吃顿麦当劳，没想到停车半年，后来打算这个月开工资再去，现在更没戏了。他长出一口气，拿起空杯子往嘴里倒。就算停车排料我他妈都认了，不能由着这孙子胡来。工装男说，人家是厂领导，就认课堂的理论，不听你我的，怎么办呢？瘦高个儿说，大学生不在！这会儿正假模假样儿地在国外考察呢，添好料的主意是电话里交代的，捅了娄子一切由我担待，二车间谁敢告密，我给他蛋黄子挤出来喂野狗。

这时老董目光转向我。小子，你爸离厂以后干吗呢？

我始终在旁边听着。听得懂大概，可思维跟不上，更没闲工夫插嘴。一来那饮料搅得我浑身难受，二来这些话勾起我童年时代的回忆，爸妈有一阵子的谈话也是这样，于是胸口憋着一股劲儿，想将两者合二为一，像拼图那样契上，但那些画面如同封藏在箱底的旧照片，泛黄且满是灰尘，想看清楚已经不容易，哪里摸得到棱角。

老董突然问这话，我没反应过来，走着神说，当了一阵子保安。

老董的大手按在我肩膀上，压得我骨头疼。穿着衣服我都能感受到手掌上的老茧。他说，你爸是咱厂最好的车工。这话不知是在安慰我，还是安慰他，或干脆是伤害他自己，而在我心底某处遥远的地方，它掀起一阵海浪，我预见这海浪的野蛮凶猛，但当它真正抵达岸边时已经变得可有可无。

不该是这样的，老董说。

可能是酒精的作用，我突然觉得，他们太像我爸了。喝酒夹菜的动作、唉声叹气的神情、说话的语气和不说话的模样，好像都是一条流水线生产出来的。更可怕的是，恍然间我也变得像我爸了。抱怨、宣泄，所有情感共鸣都是扯淡，无力改变现实的话出口也是白搭，不如别费力气。老董说不该是这样。是哪样呢？什么事情、什么东西不该是这样？我不知道。

我们又坐了一会儿，谁都不说话，三人梦游一样喝清凉剂。终于，老董站起来活动活动筋骨，叫老薛再提两壶，然后吊着眼问我有没有进过厂。我说小时候被我妈抱着进去玩过，里面什么模样早忘了。他醉醺醺笑道，敢不敢跟叔儿进去逛逛。

我们钻出工薪家常菜的后门，踏上一段宽阔而漆黑的小道。路的两旁都是刚硬冷峻的连排厂房，巨大的噪声穿透墙壁，响彻在夜幕中，我几乎能看见那些高速运转的机床的影子。

天空不知何时变得明亮清澈，可能是刮风的原因，多年不见的星星都显露原形了。路的尽头是一扇铁栅栏门，旁边一栋小屋亮着灯，里面有一位大爷翘着腿搭在桌上，正在听收音机，好像是《说岳全传》，高宠挑滑车那段。

老薛伸出手指示意我别出声，进门跟大爷打声招呼。大爷应一声，站起身朝我这瞥了一眼，又坐下了，好像根本没看见我。老薛出了传达室，朝我做个鬼脸。

进入厂区，噪声更大了。煞白的灯光透出高窗，晃得我眼睛疼，低头瞧见墙根底下堆着好多东西，说不清水泥还是什么，总之袋子的模样跟水泥、化肥之类的差不多，在地铁里或者火车站能看见。那些袋子鼓鼓囊囊，顺着墙根一直蔓延下去，肉眼看不到尽头。

我扯着嗓子问老薛，他伸出四根手指头，见我没明白，脑袋靠在我耳边说，四车间留下的，卖不出去。我们经过厂房大门，门口写着“第二车间”四个大字，红油漆褪色脱落得差不多了，下面还有一系列俏皮押韵的安全标语。

我探头往里瞥，上白下绿的墙面搅动脑袋里的潮水，极为荒诞的感觉滑过神经。又是一波巨浪。

我心生厌烦，胸口憋得慌，有一种想吐的感觉。穿着工装服的人行色匆匆路过门口。老董朝旁边的高窗里望去，啐口痰，嘴里骂了一句，走进厂房。

老薛领着我追上。灯光下一个穿白大卦的女人迎面过来，先跟老董说了几句，随后过来和老薛打招呼。她扯着嗓子叫，你怎么才把老董叫回来呀！赶紧去看看吧，你们二车间可真行，好料都填一半了，渔网线出来全是黑点，叫我们怎么做呀。老薛将手里的暖壶递给我，冲女人摆摆手，跑着追了上去。这时我打个冷战，问女人洗手间在哪里。女人好像没听见，直接走掉了。我提着暖壶走出厂房，站到一块黑旮旯儿里，暖壶摆在旁边，拉开裤链开始撒尿。

尿到半截，听见身后有动静，猛地回头，灯影下冷冷站着一只怪物。那怪物半个身子藏在阴影里，半个身子露在灯光中。他整张脸粘在一块儿，鼻子的位置是黑窟窿，双手像蹼一样五指相连，犹如被滚烫的熨斗碾过一遍又一遍。

我吓得大叫，声嘶力竭喊了足足半分钟，酒醒了，尿也溅裤子上了。

他说你别喊了，他们听不到……边说边比画，脸上的肉连着筋扯动，有些音怎么也发不出，看着极为痛苦。我后退两步，提裤子系皮带，大气都不敢喘一口。

他说你别害怕，我这是化学烧伤，我不是怪物。然后问是谁带我来的。我说是老董和老薛。他点点头说，二车间出事，老董该回来，不过回来也没什么用了。我问他为什么没用。他说你心里知道，你应该比我更清楚。我不明白这话是什么意思。

突然一阵头痛欲裂，浑身的骨头像灌了铅，天都要塌了，肚子里一股激流倒窜上来，猛地掰开我的喉咙，弯腰全呕出来了。怪物慢慢走过来，轻轻地拍我的背。我既难受又尴尬万分，心想他不会觉得我因为他太丑才吐了的吧。他说，清凉剂喝多了就这样，后劲儿大。接着从兜里掏出一沓手纸递给我。我接了，含糊着说声谢谢。他说你是三车间老尹的儿子吧。我问他怎么知道。他说，快回去找老董吧，别提我跟你说过话。说完慢悠悠地朝远处走了。

我瞧着他的背影在凄冷的月光下渐行渐远，最终消失在黑暗中。

二车间里，老董在鼓捣那巨大的管道。他脱掉工装外套，上身就穿一件脏兮兮的白背心。管道能塞进两三个成年人，上面有数不清的仪表和开关，噪声喷薄而出，似乎有活物在里面怒吼，整座厂房随之震颤。靠墙的地方七八个人零零散散地站着，老薛也在其中。他打声招呼，伸手朝我比画，意思是别出声。我提着暖壶站到旁边，很快就感到一种尴尬。老董努着眼挨个调试仪表，裸露的皮肉覆着密密麻麻的水珠，沿着额头和胳膊上的青线滑落。有些开关和旋钮似乎多年没用，他咬着牙才能勉强扳动，浑身上下较着劲，好像一座古希腊的雕像。

他呼吸越来越沉重，粗粝的喘息和噪声由不同维度迸发，所有人都听得清楚。我们帮不上忙，只能干瞪眼，看着这人凭自己的血肉之驱，与钢铁巨兽搏斗。我同时又觉得，他像一位手术医生，对巨兽进行精密的诊断治疗。在场的人或好奇紧张、或恐惧惊讶，也只是见习而已。

噪声越来越低，终于在一声长久的叹息中，巨兽睡着了，整座车间归于寂静。

老董撣撣手回到人群，几乎瞬间变得干瘪消瘦了。旁边有人说话，夸赞感谢什么的，他点头应了声，直接走向我问，你刚才干吗去了。我说撒尿去了，尿到半截碰见……这时有人大喊：监察的来了，快走！老薛抢过话说，妈的有人跟大学生打小报告，你俩赶紧走，这里我盯着。老董使个眼色，抓过地上的暖壶，少年一样飞奔起来。

我们跑出二车间，上了大路，厂房魅影似的后退。灯光、噪声、人影都没了。

老董在我前面一手提一暖壶，跑了七八百米突然停住说，歇会儿，跑不动了。我说好。于是两人坐在马路牙子上，喘着气喝清凉剂。棕色的饮料倒进暖壶盖子，月光照着也没那么糟糕了。

我忽然注意到，这里比刚进厂时更深更暗，纯粹杳无人迹。

老董说，你碰见谁了。我说一化学烧伤的，他还跟我说话了。老董目瞪口呆，他跟你说话了？我问怎么回事。老董说，那人姓郑，叫郑国忠，是原来厂里第一帅哥……给我满上。我朝暖壶盖里倒满清凉剂，自己也喝了一口。

老董说那人叫郑国忠，是厂里第一帅哥，读完高中没上大学就进了厂，分配到第三车间，好多年轻女孩追。他人长得帅，踏实，干活卖力气，后来结婚了，娶的是隔壁纺织院一姑娘，日子过得挺美满。领导有意提拔他，想让他当车间主任。结果厂里改弦更张，郑国忠还没当上主任，提拔他的领导先下去了。多了也不和你说，总之就是权力斗争罢了。那阵子闹得人心惶惶，都觉得要变天了。新上任的领导是个大学生，就是北边化工大学的，狗屁经验没有，就会啃书本，凡事贴着理论来，到厂里第三天就照着课本调了聚合管上十几处仪表。以前三车间的聚合都是我做，多少年都没出过问题，这下工序全乱套了，后面的人都没法做。结果没过两天，聚合管爆了。碰上郑国忠值班，强酸淋了全身。老薛和我赶过去的时候，他和衣服都融一块儿了。送进医院再出来就这样了。自那以后整个人就变了……再给我倒一杯，满上。后来他媳妇闹离婚，又跟人偷情，被郑国忠抓个正着，跑到厨房抄起刀把媳妇脸给戳烂了。人没死，这官司也不轻。结果法院判他是精神病，送进安定没多久就出来了。我们都觉得他是为躲牢饭装疯。常有孩子拿他开玩笑，也有人念着他过去的好，出手护着。可是他既不反抗，也不跟任何人说话。久而久之，没人知道他是真疯还是装疯了。

我说，他就一直这样在厂里游荡？

老董说，那怎么着，父母早没了，官司也结了……对了，他跟你说什么了。

我把之前的事儿跟他复述了一遍。大概也就是说老董回来也没用，还一下认出我是老尹的儿子什么的。

老董噗嗤一笑，你小子真没出息，吓得直尿裤子。说完摇晃摇晃暖壶盖儿，那意思是叫我满上。我给他倒满了，自己也喝，不知不觉一暖壶清凉剂已经见底了，忽然觉得这玩意也没那么难喝了。

老董长出一口气说，出事儿当天，你妈临产，你爸陪着到医院，他那是替你爸的班。我和老薛给他背到医院，中间还碰见了你爸。你爸看见他那样，自己愣躲到厕所哭了一鼻子，还拿脑袋撞墙，出来的时候满脸是血……

这事我可从来没听我爸提过。

微风拂过，树叶沙沙作响。我幻想着医院的情景，幻想着郑国忠和我妈在不同病房经历的痛苦，幻想我爸在厕所里哭泣颤抖的模样儿。

头疼又开始发作，有什么东西试图掰开我的脑壳，由里面咆哮着挣脱出来。巨大的恐惧笼罩住我，压得我喘不过气，在它的阴影下我无能为力，做什么都无济于事。老尹躲在厕所里独自哭泣的时候，恐怕也是同样的情绪。身体好像不受控制似的，一杯接一杯灌清凉剂，恨不得刺猬一样缩成一团，或者鸵鸟那样把脑袋缩进地里，任由那棕色的浪潮将自己淹死。

老董苦笑，你跟你爸一个㞞样儿。

说着摸了一下我脑袋，感慨道，这就是命，没什么道理可讲。

他说，我明白郑国忠的意思，他一点都不疯，比正常人看得清楚。合成实验厂没多少时间了，去年三车间买断，接着是四车间，剩下俩车间也不远了。旁边电厂和纺织院也都要拆掉。我活到这岁数了，真闹不明白，这是要干吗呀？把我们这些人赶尽杀绝吗？北京还是北京吗？要是把工厂都拆掉，这么多空地用来做什么？真的，有时候我挺佩服老薛，家里都成那样了，还能乐乐呵呵的。

这时我意识有点模糊了，嘴里黏黏搭搭地说，可能建楼房吧，好多楼房，万丈高楼平地起。

老董噌地一下站起身说，怎么能建住宅呢，这地方能住人吗？你知道这底下都是什么……他喝多了，站着直摇晃，舌头也大了，同样的话说几遍愣是没说清楚。索性不再提，望着远处漆黑的厂房说，算了，三十年河东三十年河西，总有翻回来的那一天。我眼皮垂着，嘴里嘟囔，二十年也就差不多了。

你说什么？

还有一件事，我想问你。老董忽然变得扭扭捏捏，脸上的表情幼稚可笑。

你妈现在怎么样？

挺好的，有喜欢的事做，有空和老姐们出去玩玩。

他点点头，仿佛勾起无限心事。那就好，那就好，想着替我跟你爸妈问好。

接下来，我就不怎么记得谈话的内容了。两暖壶清凉剂喝光以后，老董带着我到已停工的三、四车间走了一遭。

他在漆黑中指着不同的方向，告诉我，这里是存放化纤制品的地方，隔壁是质检的科室，再往那边是澡堂、食堂什么的，他说他打赌我小时候进过这里的女澡堂子，还说了好多他们年轻时代的往事，尤其是他怎样与我父母相遇相识的，又是怎样跟我爸不打不成交的。

我们在漆黑的钢铁迷宫中左曲右转，跃过围栏，迈上阶梯。老董身手矫捷，我慢吞吞地跟随在后。等我们爬上屋顶，一尊高如佛塔的烟囱瞬间凸现在眼前。我知道它一直在这里，但从未正眼看过它，从未觉得它如此刻般高大雄壮。它在夜幕中拔地而起，好像被时光遗忘的古迹，月亮与繁星也只能作为陪衬。

老董站在锈迹斑驳的铁皮上，身体的轮廓蒙了一层银霜，他仰望着那尊烟囱，犹如一位自远古而来，家园遭到焚毁后迷失的祭司。我战战兢兢地坐在后面，望着他的背影，急切地想要加入他，但突如其来的眩晕使我畏惧，强烈的头痛与呕吐感始终挥之不去……

我差点忘了，那天是满月。

我在路边的木制长椅上醒来，脑袋像是被重锤不断地敲过，嘴巴里还有一股糟糕的味道。身后是一排店铺，轻快的音乐飘出玻璃门。街对面是高档公寓，还有驾着马车的阿波罗雕像。没有巨大的噪声，厂房，破败的社区，肮脏的工薪家常菜，或者任何特别的东西。

我蹒跚着过了马路，走到社区正门。保安队长告诉我，我嘴里说的合成实验厂早拆除了，烟囱管道什么的更是子虚乌有。他五年前到这里当保安的时候，这地方已经是一块平地了，连他都没亲眼见过，我怎么可能在昨夜进去过，怕不是在做梦吧。

当我再试图详细打听，是不是所有车间都拆除了，有没有遗留的厂房时，他干脆拿看神经病的眼光看着我，不再搭理我了。

我走遍周围，还是不敢相信，这就是我长大的地方。我痛恨自己没留下老董和老薛的电话号码，甚至连他们的长相都记不清楚了。

昨夜的一切都变得模糊不清，唯有清凉剂的味道，那糟糕的颜色和涌进喉咙时的辛辣感觉还历历在目，我甚至觉得，自己的舌头上肯定还有棕色的残留。

为了证明自己不是做梦，我找到一处没人的角落，玩命抠嗓子眼儿，想把工薪家常菜里那些杂七杂八的食物吐出来，然而干呕半天什么都没有，这才想起，昨夜遇到郑国忠的时候已经吐过一遍了，后半夜可能也吐过。

就在我往牛仔裤上抹脏东西时，突然发现屁股的位置全是铁锈。猛然间，我想起老董说的话，他说这地方不能住人，因为埋在地底下的东西……

我走到最近的小卖铺，买了一瓶白酒，两盒好烟，然后打了一辆车，直奔父母住的地方。我有好多想和他们说的，尤其是老尹。唯有他能平复我的心绪，驱散我脑海中盘旋不去的谜题。至于这容易令人迷路的地方，不重要了，只要还有记忆深处的一个个名字和那些永远埋在地下的东西，它就是我长大的地方。

离鹿，1992 年生，写小说、杂文。做过旅行编辑、摇滚乐手、客栈管家、支教教师。有作品见于期刊及网络平台。

手套之家

黄守昙

自从父亲由保安改做荷官，家里的收入就有所增加了，为了庆祝一下，母亲决定全家去贾伯乐提督街的鮨味亭大餐一顿。大概用了半小时，母亲才化完她声称的“简妆”。对于眉笔、口红、粉饼、腮红，她有着堪比职业的娴熟，我们都管那套仪式叫“画皮”。

我问过她，你看过周迅演的《画皮》吗？她却反问我，我有那么好看吗？她坐在梳妆台前，一边对着镜子压低上唇，把人中撑长，然后压低下巴，触电般快速微笑，又快速平复。她总讲，口红涂得好不好，得通过笑容才看得出来。母亲有一套自己的理论，譬如擅长微笑，涂口红就不能拖后腿，何况这是她的职业武器。通常我都不置可否，只知道明显她未看过《画皮》。

在玄关穿鞋时，母亲又瞥了一眼家里的阿姨，她吩咐这个瘦成甘蔗的越南女人，记得将衣服从阳台收下来，折好，摆进各人的屋子里。

阿姨含糊着回答，知啦知啦——语气是不耐烦的。这个越南佣人来我家半年了，我以为母亲已习惯她这款样子，没想到她依然愤愤。

母亲讲，你最好讲到做到。

阿姨软中带韧地回击，明啦，你们快出门吃饭吧。

我们都静静地旁待这场口水战争，母亲看着我们默不出声，像是脸面受到侮损，只好又对越南阿姨讲，你记住，折衣服不要侧折啵，我要正面的那种折法。返来我见到这些衣服，就要像逛商场见到的那样。听到未?

那个越南阿姨倒是很蛊惑，又用起那招数——假装听不懂广东话，径直走到厨房里去了。

母亲看着我和弟弟，呼了口气，一边穿鞋一边讲，这女人太嚣了，好在你们大个仔，不然我惊怕她半夜掐死你们。弟弟没有回应她。

我们都知道，母亲不过是要将我们和她绑在一条船上，因为父亲总是谦和的那一个，她需要培养同仇敌忾的战友。在这点上，我家的男人整体更像外人。

临出门，已经穿好鞋的母亲还踩返屋里，把沙发缝夹着的电视遥控放入她的手袋，得意地看了我们一眼。从家到餐馆一路上，她一直讲那个越南女人的坏话，讲她爱偷懒，偷看电视！工作时间打电话！用自己的手提电话打便算了，有一次她回家取产品资料，还捉到那女人用家里的座机打电话，最可恶的是她被发现了竟然面无愧色，径直行去露台晾衫裤！

母亲讲起来这些，神色激动，更像一个外劳在数落自己的雇主。只不过一见到街坊，她就会立刻换副面孔，闪电般微笑，问人家，又出街买菜啊？我们今天出去吃！顺带问候对方孩子去了哪所中学，老人去了哪家养老院。

我们家三个男人就站在一旁，等着，一直等到对方不好意思了，母亲才回到我们的队伍中来。她掩着嘴细声讲，都怪那个人口水多过茶。

我们更习惯沉默，在餐厅也是。母亲是“话筒”的唯一执掌人。她从不期待能得到我们的回应，只见她，戴着手套一边往嘴里塞寿司，一边又如同开关被突然摁下，喋喋不休地抱怨起来——抱怨女佣，抱怨中介，甚至抱怨越南与甘蔗，直至被芥末辣出眼泪才收声。从餐桌上的免费纸包里，她快手抽出面巾纸，就像魔术师一样，但要扑上脸时，却又小心谨慎，可能是怕损坏了她的皮。

母亲泪流不止，却依然给每个寿司蘸上重重的芥末，似乎要借此机会不吐不快。我和父亲也安慰她，仿佛她是真哭了一样。可惜母亲不领情，她自顾自地讲，你们就当白脸好了，黑脸我来当。

过了一阵好不容易平息下来，她又突然讲，我现在就要打给佣介公司，要求换个阿姨。

父亲讲，先吃饭啦。

她不依不饶，瞪大了眼睛，伸手入包里拿电话，在我们三人的注视下，她却将一个电视遥控器掏了出来。

我们自然笑出声，弟弟也揶揄她，你打吧打吧。她在一旁先是哭笑不得，又像是憋不住，只好按住肚子笑了个饱，这样笑了一阵，还抬起头不许我们笑她。

笑归笑，母亲还是雷厉风行，隔天就炒了那个偷懒阿姨的鱿鱼，重新请了一个。那天，我放学之后去接弟弟，负责确认接送的老师却讲，你弟弟已经被用人接走啦。

一时间，我还以为是别人家接错，或者是那个懒鬼阿姨报复。我甚至想到，她会不会把弟弟带去无人的公园，或者仓库，然后将他掐死。但很快我又释然，谁叫他顽皮呢？何况想掐死这个小霸王，也是轻易做不到的。

讲是这么讲，但我还是很焦急，赶到家里一看，弟弟已经在沙发上舔着本属于我的雪糕筒，而一个黑黑的、有点胖的中年女人正在厨房煮饭。

她见到我时，露出了一排白牙，用一声粗简的广东话问我，你返来啦？语气就好像我才是闯入者。她一边把切好的西红柿按进锅里，一边问我，你是不是哥哥？

我觉得这都是不答而知的问题，反问她，不然呢？

她像是没料到我会这样应答，动作明显迟滞了一下，我想，或许这人也因此认定了，我们是不好相处的人家。

的确也是，想了想母亲骂人的样子，其实早点打破她的幻想，也未必是坏事。我被自己的想法吓到了，这倒像是母亲会讲的话。过去，对新来的保姆，她总会先来个下马威，黑口黑面冷待几天。她讲，这是有战术的，后面我们再对人家好，人家就会感恩戴德。我心里却想，家里的小房间已经住过来自越南、菲律宾、印尼的阿姨，她们性格不同，经历不同，却没有一个能让母亲的战术应验，也不知她的自信从哪里来。

或许还是不够像母亲，我比她更容易心软，想到面前这个陌生女人，在异国他乡务工，一下就要遭受雇主家无来由的敌意，也是挺可怜的。于是我讲，我放学去弟弟的学校，没接到人，讲完也没有等她解释，回了客厅，弟弟正斜躺在沙发上，十分悠闲地看着卡通片。我问他，作业写好啦？他一下子坐直身，似乎想讲什么狠话来反击我，我没有留下空隙，即刻又问，怎么回事啊你？见过她吗你就跟着她走！如果是坏人怎么办？

可能是我气势十足，也可能是他吃人的嘴短。他小声嘟囔着，她是拿着家里的钥匙来接他的。

我更加生气地讲，上面个锁匙扣，全澳门随便一个人都有。那个锁匙扣是澳门回归十周年的纪念品。弟弟不再讲话，他低着头，偷偷瞄着电视，我见他战斗力如此低下，推想他今天心情一定不错。于是我问他，今天仪仗队表演怎么样啊？他没有转移视线，只是嘴上讲，挺好。以前他只会讲，不就那样吗。

新来的阿姨端了一盘西红柿炒蛋出来，讲趁热吃。我双手交叉在胸前，质问她，这么早做饭干什么。她讲弟弟饿了，先煮点东西垫肚子，顺便让你们尝尝我的手艺。我不再理她。

吃饭时，我才知道她又是个越南人。她有一处文身在手臂上，文身的内容是几个越南文字，我不识得。但我怀疑，这些文身可能写的是她的名字和故乡。我听之前的女佣讲过，她在越南家乡的海边见过浮骸，上面就会有这样一行文身。她讲，那些以海为生的人，出海遇到风浪不幸罹难之后，他们的尸首会有一定的概率被发现，虽然被海水泡发，面容难辨，但有这样一行文身，就可以轻易找到死者的故乡和家人。

新阿姨站在一旁，笑盈盈地看着我和弟弟吃饭。她做的番茄不错，不知道是选得好，还是煮得好。我不时看向她的文身，觉得她一定经历过什么，港片里的恶霸总以弹跳的胸大肌恫吓良民，上面往往有花色文身，或龙或虎。人愿意承受文刺的疼痛，是不是对死亡有预备的敬意？我甚至想象着，面前这个爱笑的胖女人，如何在茫茫无际的大海上漂荡生存。那个女佣讲过，一般偷渡客才会纹，要不然就是打鱼的。

新阿姨让我们叫她曼达，她讲话总是笑眯眯的，不论这句话是什么意思，是问句，或是平常的句子。

母亲讲，如果一个人太多笑容，内心往往阴鸷，别看她对我们表面温和，遇到其他人家的女佣，照样能将白的讲成黑的，骂尽主人三代，代代花样不同。毕竟母亲是做销售的，我们都相信她深谙此道。她也会和同事一起点评那些令人讨厌的顾客——好讲价的中东客、只看不买的台湾客和大手大声的内地客。在顾客背后，她可以骂一万句，但挂在面上——她的口红总是轮廓清晰，色泽完美，表情是笑口常开，恭喜发财。

其实黑口黑面的那几日一过，她对曼达就恢复了礼貌，譬如见到我没称呼阿姨就使唤人家，或者在她帮忙盛饭时，忘记讲“唔该”，母亲就会恼我，讲，你不可以这么没有教养。

母亲真诚生气的面孔，有时令我怀疑，她其实是自嘲高手。最记得有一次我感冒，瘫在床上不想换垃圾袋，一边玩手机，一边大声叫喊，帮我换垃圾袋！结果被母亲听到，她冲入我的房间教训我，讲要先称呼阿姨或者曼达，之后再讲你的要求，这样才有礼貌。母亲戴着一次性手套，上面沾着一片黑色的药渣，头发散开，像个通厕工。我很少见到她这样，她平常总是十全准备，容光焕发，我没想过她会亲自煮中药。

母亲教训完就出去了。只见阿姨端着一碗凉水，步伐小心地走进来，但我正看着电子鼓的视频，就叫她摆在书台上。曼达换好垃圾袋后，坐在我床边的椅子上，望着我。我却当她透明。这时，阿姨凑近看了我手机屏幕一眼，又把药端起来，讲，你喝了它再看。她的动作让我很不高兴，她不该这样，就连母亲，也从不偷窥我的手机屏幕。

我吸了吸鼻水讲，我已经好了，不喝了。她不依不饶，但是保持笑着，讲，你如果把药喝了，明早我帮你排上海包饺王的煎包。她知道我的弱点，街口那家上海包饺王出了名地难买。

老板讲是来自上海，但在澳门赌输了钱，娶了青洲一户人家的女儿，才有本钱租借了这间店口，卖卖手艺。他的手艺无人可比，个个煎包都有十八道褶子，每次都能将一个个白花花的面球煎得底酥顶油，汤饱不漏。煎包还没出锅，香味就已经过了三条街。

他一日煎出六锅，已经独力难支，有人劝他雇工，或者让老婆帮手，他都笑着摆手讲，一个人够了。原来他家的包子也不算很难排，但那些已经无料可写的美食博主一将这间小摊曝光，店前即刻人龙大摆。后来内地游客多了起来，几乎每天只能留一锅给街坊。每当我抱怨的时候，母亲也会讲，这些人怎么不去上海吃，明明生煎包就是从上海过来的嘛。

我无法反驳母亲，更无法拒绝阿姨。我咕咚咕咚喝了药汤，虽然味道真的很苦。我看到曼达也是一张苦瓜脸。她端过空碗讲，还好我们不信中药。我讲，你不信还叫我喝。她转过头讲，我信全世界做母亲的，都不会害自己的孩子。我没有再答她。她突然又问我，你父亲是不是晚上都不返来吃饭。我说，最近他排了新班。

隔日，曼达将一盒煎包放在我面前，叫我分两个给弟弟，她自己也拿起一个吃，坐在我床边。她讲，还是花自己钱买的东西好吃。她平时在我家，都猫在厨房吃饭，我父母叫她同我们一起用餐，她都拒绝，讲没有这样的习惯。吃完煎包，她突然讲起今天去排上海包饺王，好像见到了档主的老婆，原来是个痴呆的，一团黄色的鼻涕搭在嘴唇边。她讲得很恶心，但我只是讲，难怪那个老板要娶她。

我看到曼达拉下脸，一阵沉默，她抬起一次性筷子又放低，看上去很不安。她突然开声，这样的女人也有丈夫。她的声音里，似乎是有些不甘。我有些诧异，不知道她接下来会讲什么。但她只是望了望出面，讲台风又要来了。

后来我才知道，原来曼达的丈夫已经过身，留下她和她的四个儿女。记得有一次洗碗，她不小心让手机沾了点水，就跑来向我借吹风机，母亲跟她讲过，那是要申请才能使用的。

她的手机很老，是早一代的那种。我看着她把手机电池的外壳卸下来，掉出里面的一张小照片，是她和五个小一点的孩子。她很高兴照片没有受损，还将它递给我看。上面没有她丈夫。

我问她，你的孩子吗？曼达指了其中一个，讲，这个不是，这是我姐的孩子，其他四个是我的孩子。他们的父亲呢？曼达迟疑了一下才用广东话回答我，死了，台风，出海，死了。我很轻地说了一声，哦，便不敢再问，怕惊动了她心里某处柔软的伤痛，但她脸上分明没有露出哀色，甚至还笑了笑，像是反过来宽慰我，此时，她手上的文身在房间的灯光下，显出一种难看的清晰。接着，她讲，没事。我可以有别的男人。

夜里睡觉的时候，我想起曼达的儿女们，他们统一的黑、瘦，像猴子，一定很有活力，会打架，打不过也会挠人，那该是一个很吵闹的家庭吧。或许曼达来澳门，是为了逃避他们呢？

原本我以为，真正理解曼达是很难的，我无法想象四个岁数相近的小孩一起生活的样子。因为一个弟弟，就已经够我受的了，他简直是哪吒上身，我一度怀疑他是母亲去柿山的三太子庙求来的。尤其他进了学校的仪仗队，就越发自以为是了，虽然他傻傻的样子，被发配去做个大鼓手，真是恰如其分，打大鼓，一首下来，只需要记得几个节点就够了。发傻的还有他那双打鼓时才戴的白手套，他待它们如珠如宝，甚至怀疑我有夺好的动机。他讲，毕竟要进仪仗队，也不是想进就能进的。

因为弟弟，我天真地想过，要向学校申请一个科学研究项目，研究曼达家四个小孩是如何共处的，可还没等我想法破灭，曼达就和弟弟起了冲突。其实严格来讲，也只是弟弟单方面发脾气。冲突来自弟弟那双白手套。曼达每次想帮他洗，他都拒绝人家的殷勤。为了这对手套，他甚至自己掏出零用钱，买了一块肥皂专门清洗，还对曼达三令五申，不允许她染指。我一度以为他们俩关系不错，因为曼达很纵容他，总替他处理手尾，帮他掩盖一些罪行。弟弟也经常在母亲面前暗示，曼达对我真好！我最喜欢曼达了！听上去倒像是一种计略，一种试图引起母亲妒忌的计略，计略的正名叫“鹬蚌相争，渔翁得利”。

有一天，他从仪仗队返来，就进浴室洗好了手套，到阳台遇上阿姨，阿姨不大高兴，说我来就好，却再次遭到弟弟的拒绝。弟弟撒娇一样地讲，这个我自己来就好了，我长大了，要自己负责的。出了阳台，弟弟又偷偷和我讲，曼达洗碗收垃圾，手肯定脏死了。而当他讲这句话时，她正在阳台上晾我们的底裤。

过了一晚上，“海燕”浩荡而来，风雨骤急，曼达把手套从衣架上收起来。天文台挂了风球等级，学校自然放大假，弟弟知道隔日不用上课，前一晚兴奋过头，玩了通宵游戏，结果睡到中午才醒来，一醒来就见到自己的手套，和父亲发牌的手套、母亲卖表的手套放在一起。他自然大为光火，坐在餐台上，有意无意地发脾气，打翻橙汁，或将饼干袋里的碎屑倒在椅上。但曼达没有露出半点愠色，只是一个人静静地收拾，就像她在厨房自己吃饭那样，安静，守序。我想，也许这是她从四个子女身上磨砺出来的。

台风后，曼达请了一次假，和她的同行姐妹出去。母亲讲，估计我要狂打十二个喷嚏了。我放学回家时，经过上海包饺王，有个污糟邋遢的女人坐在铁锅盖上哭喊，人群包围住她，直到几个穿着人字拖的男人拖走她。曼达也在人群中，她见到我，就和我一同回家，路上她讲，听朋友讲，档主转行了。我讲，那以后岂不是吃不到了？这么好生意，怎么关门不做了？阿姨没有接我的话，她只是努努嘴讲，好像去了新葡京做事，或者威尼斯人。可能他还是离不开赌。

在我们中学里，好多同学的家庭，都是手套之家，他们的父母和我的一样，要么在赌场工作，要么在名品店工作。如果加上不时去星级酒店门口表演的弟弟，我们家，简直是澳门面对世界的窗口。曼达曾讲，她不明白，为什么这些工作要戴手套，又不是医生。未等我应答，弟弟就讲，只有你洗碗时才不戴，人人工作都戴手套的。她突然不好意思起来，揉着手指的关节，讲，我不习惯戴手套洗碗，觉得洗不干净，你看，包饺王的档主也没带手套，封包子的时候，手指多快。

后来，父亲有一次跟我讲，他在赌场里，见到一个荷官同事，长得好像是包饺王的档主，一问果真是。据传，他面试时发牌手速极快，还会很多花样，能把牌捏出各种招式来，可谓做牌如做包。父亲很喜欢和我讲赌场发生的事，但次次都是点到为止，每到精彩处，就硬生生把话吞回去，可他这样做，就像影片前的暴力画面警告，总能以警示来撩动我更巨大的好奇。他讲，赌场不是好地方，你别太关心。父亲总令人扫兴。好在曼达也是赌场奇闻的传播者，她知道许多风云故事，我也不清楚她从哪里听来的，总之十分生动，有些和父亲讲的也很像，但她愿意把故事讲完，这一点倒远远胜过父亲，后来我就只听曼达讲了。

有一阵子，母亲心情不太好，她总抱怨自己事事无成，工作业绩提不上去，而父亲奇异地没有安慰她。在这关头上，我和她吵了一架，她嫌我考试英语成绩不好，讲我顾着玩，不学习，骂到最后，她才讲到重点：你要买电子鼓，我一毫纸都不会给。我也不高兴，大声讲，不给就不给！大不了揸把菜刀打劫表铺去！那自然是一时气话，但母亲面色极差，甚至有分分钟掉泪的样子。去年，母亲就职的表铺遭人打劫，一个中年男人持菜刀入门就斩。但听讲他收表的蛇皮袋又旧又破，一只只劳力士又从破洞里掉出来，明显并非有经验的匪徒，所以很快就被男店员伺机制伏了。虽然母亲身上没受伤，可心里留下了阴影，有一次曼达在厨房切菜，菜刀在砧板上铿铿作响，她很失态地喝了曼达一声，讲不要再切了。这是曼达后来跟我讲起的，她让我要体谅母亲揾钱艰辛。

好吧，其实我也没想过，有一天会去偷弟弟的钱，我更愿意称之为借。要不是和同学约定合买电子鼓，我也不会心急，晚买早买本无所谓，只是不能失了同学面前的脸。一开始我只想取母亲的钱，顺便惩戒她的失信。但家里有阿姨这个外人在，母亲定不会将钱银随意放置，我只好向弟弟的银包下手。阿弟丢了钱，哭天喊地，他质问阿姨有没有看到，阿姨讲没有。他便坐在客厅的沙发上，像个坐地炮，含沙射影地四处开火：屋里入了贼啦！也不知道他是在骂谁。

弟弟粗心大意是出了名的，以往他丢了钱大吵大叫时，我就会闹他讲，你心眼比钱眼大，活该跌钱。这次或许因为心虚，我只是把自己关在门内，戴住耳机看电子鼓教程影片，但鼓声开到最大，也盖不住他的骂声。阿姨入了我房间，她捏着那双斑驳的手，像一个犯了错的孩子，咿咿哦哦很久才开口，问我的鼓还缺多少钱，她想借钱给我。她讲做人，不可以拿不属于自己的东西，还以上海包饺王为例——她讲，包饺王偷了赌场很大一笔钱跑路，后来被人追杀，斩死了。

曼达自顾自讲着，让我觉得很沮丧，羞耻得不敢看她。我想赶走她，但没有开口的力量。见我不理会她，她只好延伸到自己的丈夫，讲他明知台风天快到了，还敢出海捕鱼，她也劝阻过他，可他讲，没事，海王爷会庇佑的——人拿不该得的东西，老天就会惩罚他。她丈夫连尸体都找不到。作为一个女佣，她劝得太多，多到没有她职业应有的样子。但她手上的文身就像一种死亡的信号，在佐证她的立场。

晚饭，爸妈没有返来，曼达掏了一把钱给了弟弟，讲在脏衣篓里找到的。数字可能有点出入，因为阿弟哭喊时也只讲了个大概，他接过手也愣愣的，清点的时候更是一脸狐疑，时不时望向曼达。曼达气定神闲，她甚至站在厨房门口吃一根蘸白砂糖的黄瓜。原来，她并没有看上去那么恭顺，这场心理上的绞战我已经输了。我私下跟她讲，我会每个月还她一些，那时她正单独在阳台晾衣物，听我这么讲，她就笑了。而她身后的银色晾夹盘，挂满白手套，分明像极了一张张垂头丧气的降旗。

母亲很快给我请了家教班，恶补英语。她在餐桌上，当着父亲的面，对我讲，你英语不好就只能去读内地的学校，但你读得又肯定没人家勤力，将来都不过是返来，学你老豆（老爸）做荷官，上班连口都不用开，只要识得发牌和收发筹码就够。母亲讲得出，做得到，心狠手辣是她一贯的做派。为了防止我买电子鼓，她给我的零用钱都比以往少了，但无论几少，我都会挤出一份还给阿姨。不过，日子忽然就变得拮据，以至于有时去同学家玩鼓，我也只能步行过去，或者搭赌场的直通巴士。

好在，澳门就这么鸡心点小。

但不幸的是，我还是被母亲发现了电子鼓的事。一日，她一下班就问我英语成绩，还检阅我的英语试卷和作业簿。她的白手套甚至还没来得及脱下，这使得她翻动纸张的动作，看上去就同差佬侦察凶杀现场一样。但我成绩略有提升，她没处下嘴，只好单刀直入，你买鼓的钱，哪里来的？

我没有买啊，你不是不给钱吗？我如此应道。

鬼扯！我什么都知道了！我依然不认，甚至心里想，会不会是曼达出卖我，我看了她一眼，她有点惊讶，像是没料到会有这样一场争吵。母亲见我矢口不认，才讲出，原来是我同学的拍卖行母亲告诉她的。也不知道那阿姨是有意还是无意，竟然对我母亲讲，我经常到人家里打鼓。当然，我也没有怪罪同学的意思，他也曾为了朋友间的体面，和他母亲叫过“价”，本质上和我同病相怜。我们对彼此的父母知根知底，他们的笑脸是拿来服务他人的，要是给了家人，总算不得物尽其用。

曼达很同情地看着我挨骂，但她也无能为力。倒是弟弟，一脸得意地擦着自己的鼓槌。可他也高兴不了多久，母亲告诉我，如果你英语还拿不到前十，我就把曼达换了，换一个英语好的菲佣。接着她又讲，只识广东话，是不值钱的。曼达走到母亲面前，非常恐惧的样子，挥着手比画着“不要，不要”。母亲冷冷地说，就看他了。她朝我抬了一下下巴，好像自己是无辜的。曼达眼泪都出来了，跪在地上央求母亲，又被母亲的枪头一指，转过身来求我。她哭着讲，求你好好学英语吧。她的哭声听着令人哀怜，只怪母亲的手狠心硬，纵是我也真的看不下去了，也丝毫不想退让。我想，这是战争，注定要牺牲曼达了，我得比母亲更硬心肠。那时我没想到，也许我认个表面的输，就不会有后来那些糟糕的事。

大概是半个月后的一个星期六，我去上英语培训班，外教老师因事没有上堂，我只好坐赌场巴士回家。我轻声入了门，害怕吵醒最近排夜班的父亲，他做荷官很辛苦，赌场二十四小时灯火通明，那里连天花板也要铺成蓝天白云，是一个极力取消时间、视时钟为敌人的地方，父亲讲，这样做，是好让赌客们晨昏不分，尽情豪赌，输到天昏地暗都不自知。

父亲辛苦挣钱，是我们家的共识，尽管母亲挣得最多，她时常炫耀自己的舌头像温柔宰人刀，刀下不见血。在家里父亲一直低一头，他是顺和安静的，是“父爱如山”里的山，我和弟弟周末都尽量出门，就是为了不打扰他休息。只不过我记得有一次，他下了夜班返来，那时我正在吃早餐，他坐在桌边，慢慢地讲出一句话。那句话没头没尾地冒出来，既不是对报纸新闻的议论，也不是对牛奶面包的评价，他讲的是——我已经练就了麻木。当时我很震惊，这像是他的心里话，是从不会对我们说的那种真话，我不知道父亲为什么会不小心说出来，难道是觉得我已经长大了，大到他认为可以对我掏心掏肺了？

这句话，让我怀疑起他和母亲之间的感情，过去我一直以为他们感情很好，可能因为两人彼此上班时间不同，一个夜班，一个早班，像是被生活有意地错开，以酿就二十一世纪牛郎织女的佳话，每天小别胜新婚。我能想到的，总是有些肤浅，是神话故事而不是日常，日常是冷峻的，细碎的，不伟大的。也许父亲转做荷官了，挣得多了，他不过想要多一点地位？假如不是见到那样的场景，我可能还会这样认为。但事实告诉我们，不能期许任何人在日常里像神一样活着，是的，不能。

正是那个周六，我轻声地旋开门，眼前一幕令我愕然。我见到了父亲躺在沙发上，他穿着睡衣，像是在睡觉，而曼达几乎是裸着半身地从客厅穿过。尽管她后来坚持解释说，她没有半裸，那是一种清凉的越南服饰。但她见到我，很快就冲回自己的房间，留下父亲在沙发上装睡。我想，如果只是一种清凉服装，应该不必这么害怕。至于父亲，我有几次尝试去相信他，相信他其实是真的睡着，但他又素来不喜欢睡沙发，沙发满足不了他对睡眠的需要。

我躺在自己的房间里，有些后悔，宁愿是弟弟看见，他迟钝一些，足以引起父亲和曼达的羞耻心，又不至于让他们恼羞成怒。最重要的是，我不知道该不该告诉母亲。被一个又黑又胖的越南外劳打败，母亲承受得了吗？以她现今的状态，会不会与父亲离婚，甚至发疯？毕竟一个新手抢劫犯就能把她的凌厉击溃。我从没想过今天，母亲会以柔弱的姿态浮现在我的脑海中，她在镜子前画皮的时候，总有种随时战斗、战无不克的自信。

我想起曼达对我说过，做人，不可以拿不属于自己的东西。这句话显得非常讽刺，像是一只记忆中的火鸟，在催促我燃烧起来，起身去怒骂她，去羞辱她。可是，当曼达换了衣服，推开我的房门时，我有些害怕。不知道为什么，母亲的话仿佛在我耳朵里响起来，也许像曼达这样的外劳女子，会一手把我掐死，她那么强壮有力。嗯，还有文身。

曼达当然没有这样做，也没有像那天一样跪着央求我。她讲，那是一种越南的清凉服装。我沉默了一会儿，才讲，是么？她讲，是的。我以为她还会给出别的什么证据，然而她没有。她说，她的丈夫不爱她。这又算是什么理由呢？我不想听这些，我想请她出去。

但她坚持地坐在那里。我没有起身把她推出我的房门，只是静静地等着，像是给她一个足够将自己申辩干净的机会，我似乎对曼达有更高的容忍，即使这可能伤害到我的母亲。也许我对母亲过于残酷，正如她对我一样。曼达继续说话，就像留遗言，她讲，他每次想离开我，我就会穿上这件衣服。我要给他生孩子，他就不会离开我。她的话很朴素，我一下子没反应过来，她又讲，你爸爸是好人，是我勾引他，没有成功。我要工作。

她讲完就离开了，但她那些错乱的句子在我脑海中无限组合。我似乎明白了一些，又似乎没明白。返到客厅的时候，父亲还在沙发上睡着，是的，睡着，姑且这么形容他吧。他发出了鼾声，翻动身子，像是很焦躁。我想，或许他在等多一个目击证人，来证明他睡着了。他努力地表演着，直到弟弟返来时细细的推门声，终于将他惊醒。曼达此时在厨房洗碗，水流的声音明亮，沙沙的，像是能洗净一切不洁。

我经过的时候，见到她戴着一双塑胶手套，红色的。我记得此前，她说过母亲给她添置了手套，要她以后做家务都得戴上。母亲说，女人要学会保护自己的手。曼达那时还跟我说，白手套是用来摸手表的，发纸牌的，红手套呢，是洗污糟的，通屎渠的。表面上有区别，其实不过都是服务他人的。那时她说的话，真不像一个女佣。没等到母亲返来，父亲就出门了，出门前，他吩咐曼达帮他去阳台收下白手套。他们就在我面前交接，父亲还难得大声地讲，曼达，你记得督促他们学习。曼达点了点头。我一下就明白，父亲想要将他和曼达两人的关系，呈现出雇工与雇主之间的状态。

接下来的日子，父亲都没有找我聊天，也没有贿赂我。我甚至在想，他会不会期待我戳穿他，期待母亲情绪失控，让一场大龙凤在家里开幕上演。或许他这些年不为我们所知的压抑，也需要一个出口，一个从唯唯诺诺中喘息的机会。然而我偏不。我想，我比父亲、母亲、弟弟他们当中任何一个，都要喜欢家庭的虚象。只要曼达离开，我也不用继续困扰，况且是她自己说的，拿不属于自己的东西，会有报应。我需要做的，只是把英语考得更差一些而已。

当我将成绩单摆在母亲面前时，我没想到，她好像忘了之前讲过的话。她坐在沙发上，只是叹了口气讲，花了那么多钱送你去补习班都没用。我看了看父亲，他在一旁吃着水果，没有出声。曼达正拖着地，远远地，把拖过的地方拖了又拖，就是不靠过来。父亲用牙签戳了一块菠萝给母亲。母亲皱了皱眉头讲，哪有心情吃，你看他这个成绩。

弟弟坐在一旁偷笑。我站着，挨着并不激烈的训，但心里还是觉得不公，明明有人犯下了更大的错。我讲，要么请个会讲英语的用人吧。母亲看了我一眼，又看了曼达一眼，像是对我的主动感到惊讶，但她没问为什么。我看向父亲，他倒是不动声色，他就是这样的人，不会为我解围，也不会为曼达解围，像是一切都与他没有关系。他还是那个父亲，日夜颠倒的，不辞劳苦的，我们的父亲。

弟弟听了我的话，又看见母亲没有回绝，自然有些着急，他指着我的鼻子骂，你考得不好，凭什么曼达替你受惩罚！他跑到曼达面前，说曼达你不要走！曼达拖地的动作顿了一下，她望向母亲，抱歉地笑了笑。

母亲面无表情，这反而是最危险的，当母亲能克服等同于职业习惯的微笑，也能按捺下暴怒，就说明她正在复杂地计算着。弟弟如果再聪明一些，也会清楚，他的举动对曼达更不利。母亲看了看父亲，像是自己很难办一样，但我知道，她在等待，她在等待一场声泪俱下的求饶，等待一个台阶让她的脚可以踩下去，这个台阶要么是父亲一句话，要么是曼达的膝盖哐的一声砸在地上。

但是她不会等到的，什么都不会有的。我讲，就这么定了吧，也赶紧让曼达找新的工作去，别耽误她。

曼达临走那日，打包好了自己的东西，她走到我房间，向我借吹风机。她在这个家里做的最后一件事，竟然是洗头发。我迟疑了一下，但还是借给了她。她就坐在一边，像那天吃上海包饺王一样。热风的声音在我耳边吹着，那声音里的温度带着一种残忍的焦味，接着我就听到了来自背后的哭声。我只好拿纸巾给她，她讲，你要好好学英文。我说好，也认定那是一种祝福。

这时我想起来还欠她钱，一下明白，她可能是来讨钱的。我赶紧起身，把欠她的钱递给她。曼达没有接，她讲，不用了，你留着吧。讲完她还笑了，泪痕在她黑色的皮肤上显得清淡。她的白牙齿露出来，笑容比母亲的真切。我忽然有些同情她，也有些理解父亲。然而她却开口讲，你也不容易。我有礼物要给你。我心想，她能给我什么礼物？她一边说，这是我给你的礼物，我知道你打鼓，一边又慢慢地从衣兜里抽出了一个袋子，是那种超市的塑料袋。想必不会是什么贵重之物，我打开，往里面一看，看不太出是什么，我只好拎出来，原来是一双白色的、崭新的手套。

我很惊讶，也有些失望。曼达看到我的表情，一脸疑惑，她焦急地问我，打鼓可以用上，不是吗？我摇了摇头。她失望地努了努嘴巴，叹了口气，从我的房间退了出去，屋外的光慢慢地被门夹得愈发稀薄，直至消失。

我打开了手套的包装，将它们放在桌上，就在两根鼓槌旁边，它们显得柔软、干净，又有一些残忍。我看着它们静静地躺着，恍然觉得，它们就像母亲打小人用的两个纸公仔，等待着被写上一些人的八字，再被一只拖鞋底狠狠地敲打、诅咒。

黄守昙，1994 年生于广东汕头，复旦创意写作 MFA，曾获香港青年文学奖、台湾林语堂文学奖，作品发表于各文学期刊，现任职于广东财经大学华商学院。

伊甸园

秦汝璧

一

她记得她母亲的一袭天丝竹节绉半长筒裙还是那年去北京相会她父亲时定做的。约略的裁工，齐肘齐膝，又都是离形神似的大渲大染，一笔笔相缪勾搭，使人看久了要犯昏的。闭上了眼，定一定，那影子还在眼睛里，聚拢起来沉淀到心子里去。也是因为底子淡，看上去确是富贵清庄相，也只有她母亲以为漂亮的衣服非裙子莫属。她母亲年轻的时候也送过一件淡粉红的雪纺百褶裙给洛真的表姊，因为质地太过于垂坠，美人条一样，动辄涟漪沸涌，行走的音乐完全抽象，差就只差在褶子间挂上小金铃铛以资点缀。一拨拨白色的五瓣花平摊在上面，把那粉色稀释得更淡了，只落得一个粉晕。委实难以想象当初穿在她母亲身上会是怎样的一番景象。

申洛真强撑着眼皮看了眼钟。

“还早哩，你睡！”她母亲支起身捺下她来。

钟的小银针在头顶一步一停萦，一格格地钉过去。听那钉声，是夏天蚊帐里的一只遗漏的蚊子在飘忽不定地嗡隆，绕远了，靠近了，又远了……最不耐烦地清醒着。她听见她母亲腔子里结实地“啃”一声——“嘘——”迸散了去，眼睛倒已经睁开了。

“好起得来床了！”她母亲在外喊。洛真一听，床板磊落一声，振衣而起。不一会便坐在那廊檐下吃浆汤米粥。屋檐外是乌蓝的天，中秋才过去，早晨还很圆的桂月已经淡得发白，只有几颗月边星还很分明，仿佛是那蜡烛的光忽地一闪。她觉得还是在夜晚，昨晚还没有完。然而那六角矮桌上的玻璃雕花托盘里分明还放着已经祭完月亮的三节藕，一碟子煮熟的老菱，摊的芝麻小圆饼也还叠得高高的，没有动过，硬得已经有了斑斑裂痕。旁边是敬月亮的一碗凉茶。以前她母亲祭过月亮后总要给她喝几口，小孩子喝了这月亮喝过的茶，不会在床上溺尿屙屎。她母亲把那碗茶端来往外面一泼，捧着那空碗去拿两只鸡蛋。她从安静的乌蓝里走近来，眼里络了血丝。已经是八月里了。

“妈，你看，申胡定也起来了！”她以为没有人会这样早起，除了她去苦读。那前头夜渔的小窗只亮了一扇，温然的秋叶黄得一点寥寥便可代表隐隐露白的晓阴，仿佛还是蓝海里的渔灯。

“哪是起来，人那一夜的鱼都麻回来了。”

“卫在医院里服侍病人，前几年真是一年也看不到她一次，难得回来的。”她却说起申胡定的妻卫宝，她从来只单呼她一个“卫”字，显得格外亲切。然而她的“难得回来”说的还是申胡定。可怜难得回来一次，他还要这样去夜渔。在洛真的印象里的确是很少见到卫宝的，还是只记得她是个黄瘦的女人，折着脖子坐在那里剥豆，虽然昨天看见她已经变得那样的胖。

“你快吃！”她母亲高声催促着，她便低头把碗底的粥“哧哧”地吃了两三响，粥太烫，用一双筷子来回搅动着。“我记得她是跟我一样大的。”她母亲笑着说了句，不大听得清楚。她马上站起来去替她叠衣裳，连内衣都要对折一道用手拍拍夹在别的衣服里。其实昨天下午就应该走了，想着要多陪她一晚，昨晚睡得很早，因为想着第二天要早起赶路。现在似乎那多陪的一晚也没有什么，只徒添这样的屑屑，临别之际倒又说上这些话。她预备再给洛真剥两只鸡蛋，洛真人倒是已经出大门外了。

在路上紧闭了嘴一心一意赶路，满嘴的粥气，无滋无味的。想着她不过是在市里读书，这样算不得远游求学，在市里最好的公立学校，也还是难得回来一次，现在倒又这样走了。现在求学早就不为仕途了，出来考试做个小公务员那也还不是做官，单只为找个饭碗吧。现在无论哪个学位年年都在扩招，大学生确实谁都不稀罕。无论如何在这伊甸乡只出了申洛真还读书至今的。申家在这里是大门大族，有许多人姓申。校长亲自打电话来要她去，她父亲坚持要办一桌酒，具告四邻。

洛真把那两只鸡蛋放在窗台上，蛋壳尖便反衬着个小太阳。白石老人的“芍药”两字被潦草地绣在校服的领子后面，开得非常秾艳。男女校服一式一样，领到的校服比实际的尺码都要大一点，袖子总是一把捋上去，不停歇地写化学月考卷子。油墨印的字便一行行反印在一双皓腕上，螺丝骨突得高高的。无论如何她今天是受到了点鼓舞，有了些读书人的得志。因为考试，今天下学得早，总之也还是兴致吧，写了封信给在华大读书的表姊：

“今年五月里的天已经热了，六月还要热。地面上贴的是瓷砖，我们把凉席铺在地上，可是不多时仍旧被烤得很烫。每天都吃番茄，由于是这个夏天番茄忽然便宜的缘故。寒假还是要补课，老师前几日刚下达通知，也许是不要让我们因为放寒假而高兴。每天要上十四节课，是完全不能回去。大概不能见到你了。”

一想到表姊，马上就想到华大。于是末尾还是添上了一笔西式的：盼信来。不久她表姊信也就到了。信里说的都是她在华大生活的小麻烦，室友恋爱，分手了，又复合了，又分手了。但洛真是怎样笑着看完这封信的，表姊连这些小麻烦也是罗曼蒂克式的。

他们开始断断续续地上了几天课，有人举报他们，说不定是他们自己人。学校最长放了一个星期假，倒布置了两个星期的作业量。洛真不禁苦笑，好学校的名声大概是这样出去的，越是觉得华大是岁月遥遥里的等待。买张票就可以去了，她想。怕她母亲寒心，她母亲一个人在家。她没告诉她。奖学金还剩五百在那里，早就一张张卷起来推进插笔的笔筒里。

华大的校门三门六柱，门顶上藻饰的海波纹，校名是从一位在现世的大官的一篇经世华章里剔下来的。三门六柱后面才是一排伸缩门，门头转着红色的电子圈。洛真旋回头要从那中门里进去，看见表姊嘴角一边翘起来，笑了一番。她以前告诉过她，中考前一晚，她下晚自习回来，一开门看见一条火烧炼蛇盘在门角，没看真，差点一脚踩得烂皮烂骨。反应过来后才哇啦哇啦在院子里大叫，院子里别的宿舍里走读的男孩子一个个兴奋地跑过来弯着腰看了又看，便七脚八脚一阵踢，把它踢出大门外。她疑心可是把它踢死了，又是水泥地，太容易受伤了，清早留心去看，没看见尸体，许是离开了？但是被人扫去了也有可能。后来也一直纳罕，在这样人烟旺盛的地方是绝对不会有这样的草林湿寒动物的。

表姊忙着要给她拍照，她有个室友家在克拉玛依，当地的石油归她家管控，预备把几万块的拍照设备借给她表姊。怕她表姊不会用，便只好自己戴着口罩来。表姊只在一边不说什么，含笑表示一切都同意。只有一张是洛真要求跟她表姊合拍。她表姊撑着伞挡冬天的太阳，坐在亭子里的长木凳上，侧着脸，淡薄而又屈曲蜿蜒的眼神，浅浅深深不安地看着前面，一只胳膊挽在洛真的胳膊上，恋爱着的而又近于散淡的神气。

“你妹妹不怎么说话，看起来倔倔的。”她们俩人在前面叽叽喳喳笑谈着，洛真双手背在身后，略微躬着身，不声不响跟在后面。“你看，怎么也不笑嘛，这一张是笑了，眼睛倒闭起来了。”两人议论着她的照片来，此外没怎么听清楚她们说她什么了。脑子里一阵眩然，也许都听清在那里，只是像眼泡包着的一泡泪努力不让它掉下来。她们完全把她当个正直单纯的人。她当然是这样的人。她受着现代的教育，遵守着一切文明的礼仪。不随地吐痰，防止污染地面；不说谎话，因为说谎可耻；要诚实守信，要懂礼貌，不说脏话。是的，她当然是这样的人。因为她现在没有说谎说脏话的机会。

二

不久她母亲打电话给她，要她回去，她舅外公死去了。

她外公之类的很多。“舅外公是谁？”她问。

“是说徐司明的爸爸呀！”表姊高声说着，睐了她一眼。她站起来去拿了把梳子，刚洗过的头发盘弄了半天，便一把全梳在前面。漆黑的厚帘子没头没脸地悬空在那里，用湿毛巾一遍遍打着，把它们打得笔直。她把那帘子掀开一线，望着表姊：“那我们中午回去？”她一向怕在早上赶车。

徐司明的爸爸她是认得的。深腰大个，萎黄的脸上萋萋的短胡茬刚剃完，只过了一夜又长出了新的，也太旺盛了些。但无论什么时候偶遇都是那样子的一张脸，剃光了又刚长出来一点。像活了许多年粗壮的老黄狗一样，显得异样凄怆；声音也像是濡了口唾沫在喉腔里，揉损的，模糊的，轻轻地“咔”一声方才听清楚了。

“怎么就去世了呢？！”她像是被卡住了喉咙不自然挣脱出一声来。表姊倒已经爬上去滚进床里去了，没听见她的话。她上次看见他不过苍悴些，也没听见什么疾病缠身不治。也就是今年年初，他家大儿子徐司清结婚，不知为个什么事，父子三人在房间里淌眼抹泪地互指，悁愤地对质什么。他的妻去世得早，在外做事出意外被打断了一条腿。有一次回家拜年，装了根义肢，两腿踏在床前的踏板上跟姊呀妹的说话，一点也看不出来那时已经断了一条腿。直到晚上洗脚，把一条腿从义肢里挪出来，虽然没有了脚也还是习惯性地用热毛巾把滚圆的口子擦了几把，另一只脚就在脚盆里，众人这才感到一阵骇异。现实的魔术使厚厚地围在那里陪说话的人静静地看着，黄色的灯使这样的气氛更加诡异。他妻子冷着脸机警地巡视了一番，像小孩子偷吃东西对四周的防卫。一双黑色的阴沉的眼睛，但马上看不清脸色的脸上有种滑笏的笑，许多人在看她的残废。他妻去世了好多年，留下他一直拖到现在，现在他终于也死去了。

她母亲看见她们两个人一道回来，先是“咦”了声，便催促她们去磕头。申胡定也在，卖盐水鹅的申胡风也在。因为都是本家，虽不连亲，但因为都在一个伊甸乡，都相约送了一把用铁制的“月子”打出纹络的黄纸，一副香烛。依次双手抱握，对着堂屋里两张凳子杠着的坐南朝北的水晶棺材作了几个揖。那水晶棺里回旋着跳突着的彩光，光彩里的死人的头嵌在元宝枕头里，青灰的脸，静静地张着嘴。宽绰的帽檐迫在眉睫上，仿佛眼睛就是这样子闭上的。洛真匆匆一瞥，死人和平时的样子完全不同，下巴光光的，瘪口瘪牙。袖子口黑洞洞地撑着，捏着一双拳头，不知缩在袖子里的哪个分寸，花圈寿衣店来不及赶制临时找出的一件上衣。死得猝不及防，舞台剧里的演员象征性地做了个死的动作——确实没有死的气氛。布景太实，演员功夫又不到家，使人常常出戏。

门口一张四角方凳上摆得滴水不漏，一只青花碟子上堆砌六条年糕，还有一只铺了一把生米。长条的红纸贴在两支锡烛台正中，两行端楷，一行是死人的年庚八字，其余便是什么天道神君大帝临界之类。然而堂屋里却是一些男女穿着老棉鞋棉裤在拼凑的桌子前念佛，中间一座尺来高乌旧的宝塔，塔的勾角累赘地挂着丝绦、黄流苏、细珠、串灯。念佛的人矮墩墩地铺排在桌前，咩咩嘛呀，咩咩嘛呀。秋雨连阴不霁，澒天滃地。其实已经停了，然而水管里积下的水，下水道的水还在往外流；水滴滴在皮蓬窗檐上，空调机箱上，似乎下得更大了。细长的银针“叮叮嘤嘤”地敲着带铜柄的“华盖”，钻进那混沌的声音里，把人的注意力吸引过去，可是听的时间长了，其实还是同一个调子里的千言万语螺旋着说不完，说不完。像一个苦命的青衣旦，托着长长的油辫子，侧身坐在那里大段大段说着她不幸的过去，终于站起来扶花拨柳地走了几步，想来想去没什么意思，又坐了下来开始絮絮地说着。他们终于撤下来去吃饭了。

给他们单独安排在一间另外的空房子里。

乡镇就是这样，单有的是土地，除了“面阔三间”的一明两暗，有点钱就喜欢多多地盖小屋子，宁愿空在那里庋藏杂物而显示财旺气粗。一排房子，如果里面有一间的墙垣突然短进去，尺寸跟别人不对，就要觉得这家穷，更不用说别人家都是坌的水泥，而这家却是赤裸裸的砖头砌的。贴着花色瓷砖的院墙里的十二三岁的孩子从院子里的酒桌上倒是已经吃饱了下去。大孩子指挥小孩子把地上没有炸起来的小鞭拾起来引子聚在一起放，破碎的红纸被冲击波冲到刚洗完的盘子里。老妇人们正蹲着用刀角在罐头盖子上砸出一个个缺口来，被吓了一跳，在那里骂“细瘪三，要死的细畜生”，孩子失声怪叫着一哄而散，渐渐地又在远处三三两两拢在一处。

一个女人停住了手，望着对过坐着的一个，对过的好像是有闲一族，剥着从残席上抓来的一把带壳的杏仁。

“死的时候可怜身上是一根布条也没有，发现的时候澡盆里的水都结成冰了，是先把冰敲碎了，再把人拿出来的……”

“到底是谁？”两下里挤眨着眼睛，便是一问一答，可全是无声的对白，眼睛望进各自的眼睛里去。

女人还在蹲着，也不去找张凳子坐下来。看着的人都觉得蹲得有点难受。说不出来她是哪里难受，仿佛是脚底，脚底动一动就发麻，也仿佛是腰子，由于总是叹气，上半身的重量压在上面，到底是这样死去了一个熟悉了大半辈子的人。总之是一种奇异的难受，气定神闲。因为那奇异的难受总把一只眼睛来觑着，另半只脸就有了笑意似的。外面的大大小小的孩子还在叽里呱啦不肯罢休，这应当是个快活的气氛。这只是个开始。人还没有被烧成灰烬，还长着哩，“二招”“三招”“七七”“周年祭”，一连串的喧阗，一连串的酒席，要来许多趟的。

洛真的母亲还在旁客气地敬菜，因是“头招”，人还算比较少，厨子还没来，菜色简单地布置了几样。“卫走了？”她母亲笑着问申胡定。“还不早走了，医院那边哪留得了几天？”“你女人在上海？”桌上其他人听见了，便这样问。“在上海好几年了，自从我家仁永结婚在市里买房就去上海了。你算算，仁永孩子都多大了？今年五岁，可不是有五六年了呀！”申胡定笑眯眯地，右腿翘在左腿上，手垫在两只膝盖里。头微微转过去，像听大戏，击着拍子温柔地在回忆。想起一开始几年他跟他女人的艰难，现在都熬过来了，虽然一样地孤栖两处，可是人也老了许多，好像过去所谓的来日茫茫，现在过得倒又这样快。旁边的申胡风听了这话，笑说：“你现在是撂开手了，孙子都这样大了。我们还早哩！哼，这个小东西不听人话，托人给他找的人他不要，镯子都买好了，说不要，非要自己找。自己找了一个，人家最后倒不要他了。我说你太平点吧，你自己是个什么人，凭着你去挑三拣四。”

“镯子呢？”洛真的母亲问，“给女方了？”

“那你还要回来，不作兴的。那是下过小定了。”申胡风舒展着双臂，十指交叠别在脑后。

“孩子从小有个妈在旁边又要好些。”

洛真的母亲踌躇着站了许久才又低低地说："哪里，你当时是真错的了，当年十里外离婚的那位，到现在不还是一个人。这事我怎么知道的？前几天我给洛真去找做护袖的料子，碰到她的。细婆娘倒是越过越往回过了，我说你吃什么仙丹妙药了，细声细气的，她说没吃什么呀。"这话申胡风似乎没有听见，低着头认真地吐骨头，却向上翻着眼睛听桌上其他的人谈话。单看这样的收紧了腮用舌头牙齿噬着骨头上的肉，申胡风不失为一个美男子。瘦鹅鹅的脸架子，嘴往前噘着一点，到了中年正好，有种沧桑的清瘦之感。然而脸放宽了，一圈黛青色的胡根明显起来，似乎这里的中年男子都有这样旺盛毛糙的胡须，便有这样湫暗的脸色，仿佛一不小心就要放诞地延烧到全身去。

也许是因为吃过饭的缘故罢，铙钹开始"噌蹭噌噌，嘁——""噌噌噌噌，嘁——"，三声鼓面"咚咚咚咚——咚"一声鼓腰"突！"。念到起酣处停歇了一阵，往烟灰缸里吐了一口痰，盖上茶杯，咳嗽几声，都清楚得很，这一块的断然，便静静等待着大作。果然粗嘎地讴唱起来，却一句也听不懂，仿佛佛主动了念，入不了禅定清静苦修，拼死地压下去。"三魂渺渺，七魄悠悠"，不肯离去，不肯离去。

"今天的菜烧得清口哩！"没听清是谁，仿佛又还趁着人不注意咕噜问了一句是谁烧的。徐司明捧着个干饭碗一身风雨从厨房里出来，似乎忙的是寝食俱废，才有这个空当儿吃饭。人家倒是已经吃过的了，桌上早已是残羹剩炙，他便站着那里将就着泡了碗青菜汤闷头吃起来。看见洛真的母亲这一桌面的素菜盘子没怎么动，便去掏掏拨拨，叉上几筷子。不一会，那盘茼蒿炒百叶丝就连汤带水被叉光了，还用一双筷子在那清汤里篦了篦。“可是表姐烧的？”“她烧的菜就是个油多，她这油用的还是脂油渣，不要说是茼蒿，就是地里长的草，你吃起来也好吃。”申胡定把鼻子一捏，往桌上的其他人看了一眼，笑着说。桌上的人马上就附和说素菜就要配荤油。

他们已是吃过了饭，却都没有动身。洛真的母亲泼辣地把脚一跺，“你瞎说什么！”便笑着捧着空盘子出来了。她母亲谈起徐司明以后的际遇总要学着他那次白鸽似的细嗓子说：“‘今天这菜是谁烧的？’我是亲耳听他说的，说烧得清口哩！”徐司明那时头发已经掉了许多，便把左耳边的头发倒梳上去，一绺一绺整齐地从头顶横渡过去，便使前额器局高阔往后纵深，整张脸沉鸷有质量，完全看不出来才三十出头。只这伊甸乡就已经耗去了他许多精力，他在这伊甸乡是个有头有脸的人物，也是因为年轻，一双小眼睛自喜起来不知道有多少个意思在里头。有一种特殊的活泼。那次多亏了洛真的母亲，家里没个当家计算的女人，新娘子刚过来，都很客气地捧着她，她人还没认全，做事缩手缩脚。

表姊手抄在大衣口袋里，过来悄悄地把洛真一撞，问要不要一起去厕所。她母亲在一旁被提醒抢截过去说：“啊咦，我一泡尿憋了有一上午了，去，一起去呀。”她母亲早在洗碗的时候在清水池子里看见头发毛糙了些，当着别人的面抹又不能抹，无论出于怎样无意，实在是种花里胡哨的动作。她母亲在镜子前用两根手指沾了沾水抹了又抹。

外面的太阳荒荒地照着庭院，要去哪里呢？洛真站在门口却不知要到哪里去，好像这样地站着便是专等她母亲出来一样，觉得很可笑。廊檐下的长凳上坐着两个躬身缩颈晒太阳的人，手旁边杯子里的茶叶泡不开来茶，叶子精神地沉在清冽的菜色里。站在他们旁边罢，又倒像是伺候他们茶水一样。待要去看看带铜柄的“华盖”，还没靠近那桌身，那些念佛的倒已经是一双戒备的眼睛炯炯地盯着这个行迹可疑的女人。

表姊在低头玩手机，把她自己与众人隔开来，洛真也觉得无味。她母亲也还是隔着人群的距离从头到脚打量着她：“你不要站在这里呀，脸马上被野风吹皱了，快点回去呀。”“去，快点回去！”不一会儿，她就看见那申胡风站在她旁边，低头把烟蒂子用脚踩踩，一边跟她母亲说着话，磁蓝的烟从嘴里一边喷出来造成了一点温柔的暖意。他背着双手插在屁股后的口袋里，他还比洛真的母亲大一岁，但是因为这些小动作，觉得他是比她还要小的小弟弟。她母亲抱着胸，一副叮嘱的神气：“晓得啊？还晓得啊？”似乎对他也不满了。他都唯唯点头。太久没有这么个女人从旁教训。一个男人长久地孤身活着，在女人眼里多少是个半大的孩子。也许这样的教训别人都已经跟他百般譬喻过了，但不管怎样，他这一次似乎真的听懂了，是听进了心子里去。

厨子开了辆车来，申胡风去帮忙抬东西，吃了人家一顿饭，遇到出力的始终要抬抬搭搭。搬完东西搓搓手，便又回到了她身边去。厨子只管自己手里拿着一把长柄深口大勺，一只手接过徐司明递过来的烟，嘬着两片嘴唇抖擞着。他把那勺子握了又握，熨帖地与手连得结结实实，在空中指来示去，不知道朝谁喊："先把碳炉子着起来，准备两只锅把半边猪先煨起来！"她母亲随时待命，一听这话，叫一声："我来！"便撇下那申胡风手舞足蹈抢着去了。

洛真一直迁延着不肯动。她在这里受到了冷待，受了点委屈，也不知道要怎样。眼前也是无穷尽的新茁的麦苗萎靡在白而硬的土地里，仿佛这世界就这么点东西，她自己的一切可没有人感兴趣。大人在说话，表姐玩手机，还有那些生命力旺盛的芽，发出的豆芽似的点点绿瓣——那淡薄的绿色倒已经老了。白天难得地吸收到的一点阳光，简直就已经长到了头似的。如果再给一点光，马上就能秀穗结出果实。绞着破弦琴似的风都已经过去了，失偶的怪物还拖着条毛毵毵的尾巴嗖嗖地扫来扫去，又像是生了肺病的人病中垂死不肯咽下最后一口气，只听见艰难地呵呵着。间壁的大门或开或关，大都只亮着一室孤灯，总觉得里面住着的全都是些寡男寡女。相较于这里的盛嚣气焰，客厅里的水晶棺上的彩光这样渐渐地耀起目来，人在那棺材旁忙来忙去，像是为另一件事情而忙。洛真回头一望猛吃了一惊。

"他没脊背的事多哩，刘大刀家的算什么，剃头店里的新娘子，前一段时间不是被他剥得赤条条的关起门来吊着打。"嫁到刘家还没有一年，但只有他还叫她新娘子。嫁了人，直到怀孕生孩子才渐渐不是个新嫁娘了，不然还是要被人称为新娘子。

刘大刀家的那位，伊甸乡的人可从没这样叫过。

“她以前是做小姐的。”

“以前听说是在伊甸乡什么地方开发廊的，怎么会是个小姐？”她母亲打岔，觉得从伊甸乡的别处嫁到本地不见得就这样不清不楚。不过她确实美丽，她母亲不免对这件事感起兴趣来。

“怎么不是小姐？”申胡风马上气急地，“年轻的时候你没看见那风头，我们可是知道的，有本事她一辈子不嫁人。”她母亲笑了起来。“不是小姐，怎么会嫁给二赖子刘大刀，住着狗屋一样的屋子，屋子真有人身一样大，弯着腰低头钻进去，跟着丈夫日晒雨淋养几亩河虾，需要寸步不离地看守着。虾子又娇气，温度稍微不够，氧气不足点，都要死许多。软壳虾，虾贩价格还要另外算。”洛真听见这话，只沉默地反感起申胡风这样背后平白污蔑人。可是她不能插嘴。

“之前他家前面的那位赵芳汀，被她丈夫打过。打得重，肋骨都打断了一根，算盘珠子也打得肿胀起来一大块，躺在家里有几个月。”

“赵芳汀这事我一点也不晓得，真是一点也不晓得，你听谁说的？我们那里真正是一点影子也没有。”依着她母亲在伊甸乡的熟络，不会不晓得的。

申胡风马上卖起关子来：“你不晓得吧，你们那里一个人也不晓得。没有一个人晓得。”那边已经在拉人入席了，几个人把喝酒的归纳到一桌，晚上的筵席是要喝酒的。新娘子出来也在那里到处拉人，不敢高声喊人，只管笼统而客气地叫“舅舅啊”，没什么比娘舅还要来得大了。

“妈，听他们闲话里说舅外公是被人害死的。打人的事不报公安吗？”

“你不要问，问得人稀怕的。”

路上有路灯，然而往那杳深处看，是沉重而巨大的阴暗灌满了冷酷的灰白色墙上的窗洞口，房屋挤挤挨挨，都是空的，反而给人败野里的寂灭的萧森之气。偶有一辆电车亮着车灯似乎是不怀好意地逼面而来，然而从身边马上又过去了。树枝的影子里，那长相怪异的枝丫间忽然的是妖异的一双血滴滴的眼睛在窥测，无常鬼吐着长长的淋淋漓漓血的舌头静静地候伺。也不晓得为什么会有这恐怖的场景。

“你这话是听谁说的？”这话使她想起那命案中水晶棺材里的死人，连着他活着的样子。她倒是没有怎样去看，大概也是跟她的舅母去世时差不多。舅母死的样子她是知道的，没个女儿净抹身子，只有她这个外甥女帮着做的。拼凑成的一具残尸，那副义肢也是被徐司明坚持要带去。细细的水蛇在死命绞来绞去，分不清哪是头哪是尾。她在衣服里大大地哆嗦了一阵，神经一阵发麻，她只倚着洛真往前走。洛真端着腰板是走得阔步坦坦，因为这踧踧的长路被两旁的房屋院墙所鞠塞着，走的是摇摇晃晃，仿佛稍不注意就要迎头撞上去。也许是她人长大了太多了。自从去外面读书求进，离家太久，又是在这样深的夜晚走过，像是走在自己以前的一个什么梦里。

她母亲因为跟不上她的脚步，错开来，虽然隔着厚厚的衣裳，但还是觉得洛真刚才靠着的那一处被冷风吹着，就跟没穿衣服一样，她便趋了几步赶上去跟她并排走着。

拐过了路口看见了家门口，她母亲忽又悄悄地对她道："听他们都说是他家前面的刘大刀。"顿了顿又说："其实告诉你也没什么，你也这样大了，说是舅外公跟他家的女人还有前头的赵芳汀有些……"

"跟他家女人有些怎样？刘大刀是谁，赵芳汀又是谁，我都不认识。"

她母亲咬着牙恨了一声，怨声辣气："你都不认识，你问这样细干什么？"

"他自己在河边给刘大刀看到了，趁他喝了酒，把他捺在河水里捺了几下，不知道是不是他自己晓得要爬起来，也许就是在洗澡的时候断了气的。"她咝咝地吸着寒气，只用下巴指指点点演示着经过。

"那听妈这样说，怎么不把刘大刀拖到公安局去？"

"嗳，你这话不能乱说，要是传出去都怪是你传的。"末了语气倒又有点后悔。其实早已经传出去了，伊甸乡的人向来有这样的诚恳，只要有一个倾心吐胆地开个头，别人也一定倾心吐胆回应下去，大家拼拼凑凑起其中的一点曲折，但还是习惯性地互相关照，以防或者生怕更多的较近于真的事实有损于什么。

"都知道是他，为什么不去报案查明，还人清白。"洛真马上想起小说里刑事侦查的手段，解剖尸体，裒集证据，巡审惯犯。《洗冤录》里面的尸命纪事里另有一种古老的医药反应手段，神秘的铁证与真相。

“你这话不能乱说，都只是怀疑，是他自己喝酒的，没有证据呀，谁敢三头六面地讲？”

她母亲似乎因为提起这个话题，越发神经起来，审慎地掉转了头，草草看了一眼，看了眼洛真，低促地说：“谁呀？”对着洛真微弱地讪笑着，坚持往前走了几步，囫囵个儿地看了几眼，因为太黑，究竟也没有看出有什么来。

洛真掉过头去就说：“哪里有什么？”啪嗒啪嗒一阵风来去分明。

她母亲忽然咯咯地笑了几声。

“这青天白日的，敢有什么！”洛真响亮地说了一句。但是她似乎忘记了她父亲不在家，她母亲一个人，又是这样美丽的一个人，似乎确实有点理由应当害怕的，可是依着她母亲的为人为什么还要这样怕。她似乎又忘记殆自外祖父母过世，逢她父亲出去，母女俩都去她祖母那里过夜。

今天私下里翻了什么佛道的经书，倘使得罪来吓煞，或者以至佛道仙家这一类的天意使她的考试出现阻碍，也许真有这样的天意，之前不明不白出现的那条火烧炼……她不信教，受着数学化学这样整洁干净的科学的训练，实在不应当依赖生命里迷信的成分，然而她的祖先们便这样一代一代安稳地活了几千年。

“这样的清明世界，妈，你不要怕！”她还是这样安慰着。因为这激动一阵气血涌上脸，这有霜冽气的夜晚，马上把那点烫消去了，五官严峻起来，像米开朗琪罗用锤子凿出的像。

“我不怕呀！”她母亲打了个哈欠，因为冷，无腔无调地哼哼着驱着寒。“有你在这，我怕什么呢？”她又果敢起来。

她后来笑涔涔地跟别人讲起那晚回来的情形忽然总要把声音一转，换种愉快而神秘的口气说：“还是洛真有胆气，自己一下子就跑过去了，到底是知文识字的人呃。”她一直疑心那晚的确是有个人跟着她的，她还当是她怕鬼怕神。那次在死人的酒席上就不该出那点风头，本来一个女人在这样的深僻环境里就不能够明目张胆地魅艳去跟人打牙嗑嘴，虽然她决计不会承认她有着这样的用心。那些男人，哪个不是虎视眈眈。

“七七”是提前做的，那天，洛真的母亲一大早就被叫去了。因为凡事都比别人尽心些，忙的是活泼乱跳。开着院门都感觉没有一丝儿风，只是一味滴水成冰的干燥的严寒。又到处贴着瓷砖，红尘里的一点热腾腾扑上去也只得是一层冰冷的水珠。她的一双手泡在热水里洗掉那腻在几只钢锅上的油，背上倒沁出了雾沌沌的汗，像是有片树叶子在背上簌簌地刮着，她只得忍着，总觉得不耐烦。那徐司明孝布帽上的两只白绒球老在她眼前晃来晃去。接着便是他左一句“表姐”右一句“表姐”，活像只白鸽在她周围转来转去找食一般。

“洛真没来？”他冷不防地问了一句，站在她旁边，眼睛却望着四周，随时可以走掉似的。

“她要考试，请不了假的。”

“那么表姐好忙，累表姐两天，以后我要去看看表姐的。”

他轻快地说着。

她住了手，望着他笑道："我不管忙到多晚，你要派辆车送我回去，要在平时倒也罢了，今天洛真她人又不在。"那晚到底是不是他，她静静地盯着他看，他只在那望着别处。过了半晌她又说："那天天晚透了，就没高兴去妈家，地方又空没个人，不晓得是只畜生还是树上的风，阴沉沉的没有大声响，只哦——呜——，要把人吓死了。"

徐司明看见那边搭帐篷，他便马上赶去搭了把手，搭完了帐篷，去拉线路装灯，路过了她那边就着高声说："那晚就没把表姐送到家门口，表姐夫平时都不在家，一个人确实不方便。那天走得匆忙，赶着要去送大哥的丈人，表姐还要包涵点。""表姐要包涵点。你放心，今天我一定派车送你到家门口。"他再三表示着。她听了就站在那里笑起来，似乎觉得这话是句玩笑话，她不应该当真的。

一颗里头的心因为一时跟不上脸上的节奏，想着要把屋里的金银两色元宝送到门前的车子上去，却牢牢攥着硬币要往门口走，自恨不迭跑出来："嗳，人要是拙起来……你要去送元宝，她偏要去送钱。"她用了个第三人称的那个"她"，那是跟不上脸上的节奏的心里的那个"她"。其实谁也没有注意到她送错了东西。也许不是他。

客厅里已经换了一批人，已不是先前那念佛的，大吹大擂的声震屋瓦，一齐搅碎了着对着耳朵倒下去，那巨大的声响把刚才心里的一切全埋葬掉了，轻飘飘的，可以完全不负责。那天晚上确实是派了人送她到家门口的。

花纸糊的墙壁，劈竹扎的架子。外面一格格用黑墨描出来的方寸瓷砖，绿的云雷纹，大红罗圈图，“丁”字吉祥纹，红红绿绿花得简直恐怖。纸剪成的三脚双耳小香炉粘在墙壁上，下面便是立刻形象地烘托出一只“桌子”。“房子”内部构造还是“尖山板壁”，不过没“家具”，是迂回徘徊的空，人在这空里踩着金银二色元宝从“前后门”绕三遭。锦缎机绣的团龙飞凤的被面被长竹篙挑在“墙头马上”，“屋顶”也是描摹的朱甍碧瓦。申胡风、申胡定都不在里面，因为不在近亲之列，只站在外围的人群里。火苗蹿到哪里，哪里火势便旺起来，围看的人的脸被熏得滚烫，转身找条人缝站到了后面去，眯着眼睛说：“好福气！一袋子黄豆，一袋子玉米，一袋子菜籽。”“另外还有一百个铜板。”“撒了没有？”有人问，但马上都不吱声了，也是因为都有点不好意思，现在这样去讨论那铜板，倒不会以为当真烧完了就去抢。

终于有人开口了。

“是喝酒喝死的，嗳，是这样的，你这话可不能对别人讲。说是跟那虾塘的女人在外面喝的酒，还是好酒。有人看见就告诉她男人了……”

“是谁告诉她男人的？这要伤阴骘的，把人害死了。”

“可怜死的时候身上连一块布纱也没有。”

“身上怎么没穿衣服，大冷的天，冻煞了。”

“喝醉了谁知道冷哪！”

“上次不是被人打的，下那样的辣手，躺了估计三四个月才下地，是虾塘女人的男人刘大刀？他最喜欢动手打人了。”

“怎么会跟虾塘的那个女人，那女人是个婊子呀。”众人回过头来看了申胡风一眼，笑了起来。这火烧的是越来越旺，只听见年轻的女眷们的哀恸也已经变成了号叫，叫喊着他的令人辛酸的短暂的一生。可是渐渐的，在这大白日里，日复一日的大白日里，一个女人扛直了腔子在号，仿佛仍旧显得很吃力，只是刁钻的凄厉，不够伤惨。只知道是一个女人的哭声，只看不见是哪个女人在哭。那看不见颜色的大火，只有阵阵夹杂着灰的热浪往上膨，人都不免怔住了，静静地看这一场好火。架子訇然一声倒塌下去，犹自被烧得毕毕剥剥响。不知烧的是竹子，还是黄豆玉米菜籽，总之人都皱着脸，心疼的仿佛是那被糟践的粮食。他们这时怕也都相信，人死一场空。

女眷们鸡骨支床，被人架着往旁边走了几步，收了泪，那泪多半是被烘干在脸上的吧，用手巾擦了擦，又便对着人说一阵哭一阵。说他的为人，哭他的平生。总之是一个好人死得早，死得冤枉。可是，怎样的算是冤枉，怎样的算是不应当死，却听得不甚明白。

三

年底的时候洛真的父亲因为堵车堵到半夜才回来，她要去接他。自己一个人走过那条路，就一心只想着要把这件事告诉他，那有点恐怖的情形，她甚至于没有想到他会对她起疑心。

他困倦的眼睛一睁还一合，眼泪都流出来了，她就用肥白如瓢的小拳头钉了他几下。白天的时候倒又没有这许多话，白天忙着上街，一天要去十八趟的，忙着买菜添办杂物，似乎这时候只剩下了花钱。在路上遇见申胡风，只见他穿着件半旧的新棉袄，拉链拉到底抵住下巴，脸上似乎嫌冷，左右掣动着。因为是本家递了只烟过去，两人胡乱说了几句客气话就走了。

洛真的父亲一回来便把一大包的菜从车上翻下来，她母亲在厨房间问怎么这么晚才回来，他就抱怨着："这街上到处都要排队，我买的豆腐都是把钱抛过去的，伊甸乡哪里来的这么多人。我在路上看见申胡风的，说了几句话，他现在怎的变了这样。"他没说他要早点回来看看她。

"水芹你知道卖多少钱一斤？八块！"他仍旧抱怨着。不过这时候人都回来了，都带着一笔钱回来，钱都没处花，连那最常见的蔬菜平时已是没人种的了，农村的人都要花钱去买蔬菜吃，商贩们还不趁机涨价。这时候就是花点冤枉钱似乎也是心甘情愿的。洛真的父亲去买东西，有零钱也不用，都用一百，小鱼贩一看，把手一缩，不同意也仍旧笑嘻嘻地说："唷，申老板全是大钱，我们这边零钱都被你找去了，要我们这生意怎么做呢？"但仍旧酸酸地接过去，洞达地说："那么，再添一条，四十元整吧！"

洛真听到她母亲自言自语嘀咕着"一双、二双、三双、四双……"她吃惊地跑过去一看，她倒先笑说："我是在做鱼丸，看一条青鱼能做多少个，你知道一条青鱼多少钱哪，听你爸说要五十块！”她揸开五根指头龇牙眦眼对着她。确实，他们家的鱼丸从不在外买，也是洛真的父亲在外见多识广，告诉她鱼丸那么白是添加了漂白粉，自来水里也加这种东西。从此她母亲看那鱼丸怎么看都是白搭搭的。到了半夜里便接着告诉她："你可知道罢，那蛋黄都是人工造出来的！”“咦，这蛋黄要怎么造呢？吃到嘴里难道吃不出来吗？”“我说你少见多怪了呀，你们这样的女人也只能待待家里，带出去被人骗还要帮着人数钱。”“我们就那么没用哩！”想了想又说："我们就没有用了吗，我们上班下班，扫地拖地。”洛真夜里去他们房里拿水瓶倒开水，听到他们在讲话，可是一开门打开灯，就只看见两个人只两颗头并蒂在平金大红色的枕头上，闭着眼睛，倒也不说话了。她父亲皱着眉头护着光免得刺眼，头歪向她母亲，几乎是深埋在她母亲的肩膀里。她觉得她母亲是个圣母。

她母亲看见申胡定在门口路过，笑问："卫今年又没回来呀？”他站定了，粗嘎地说："没有。”接着是近于一种无可奈何的苦笑解释着："回不来呀，医院里要人哪！不要说回来，电话都没来一个。”她母亲笑说："医院忙才好，等房贷还完了，她就不出去了。”叫进来倒了杯茶，他心一软，进来坐了会，没说几句话就走了。晚上他儿子媳妇回来，倒又捧着茶杯来这边好几趟。

“申胡定死了！”她大声地只在电话里告诉洛真一声，在海大的洛真离家远，犯不着为这件事赶回来一趟。抖着哼了几声，不知是笑还是打颤："你看，人就在路上，才回来。我在那里吃过饭就回来了。”她伏在窗户上，有一段时间的沉默，她是在看那穿孝白的队伍缓缓地移过自己的家门口。

“半夜里发心脏病死掉的，说送到医院还有口气在的，没救回来。也从没听见他说有心脏病。在虾塘那边的芦竹窠里被人发现的，嗳，你还不要说那么个地方，还就谁都不会注意到那里。公安来拍照片去的，听他们说穿着件深蓝色的外套，敞着，里面穿着的深红色的衣服都看见了。”她在那边说着，随手拿起窗台上的一物屑到处划着。

“嗳，人都死完了。小粉莲你认识呀，小粉莲的妈妈前一段时间也得病死了。”小粉莲洛真没听说过，她的母亲当然更不认得。也许都见过。她虽然在那里生活了许多年，整个的童年和少年时期在那里度过，可是在外面生活的时间一长，隔一段时间再回去，坐在车里从车窗看那外面的伊甸乡的人，像是阔别了许多年。她这短短的二三年的时间思想变得也很快，也芜杂了许多。

洛真便问：“小粉莲的孩子是谁，也许跟我在一起上过学，你一提她孩子我肯定就知道。”

“她孩子比你大几岁。”表示不可能同校，“小粉莲你怎么会不认得，你以前不是一直叫她阿莲阿莲的，小时候还抱过你的，给你吃过奶。”她确实想不起来了。想必也应该是个美丽的女人，不然不会调皮地叫她“阿莲”。如果去看下照片，她一定会认得的。洛真在海大的最后一个寒假回去的时候，听见她母亲跟她父亲提起来，便去问：“谁是小粉莲？”她父亲也吃惊她把她忘记了："小粉莲你都不认得吗，小时候还给你喝过奶的，你妈那时候奶少，又有一只是瘪奶头，她奶多，经常把你抱去喝她的奶。"听她父亲这样一说，她倒更好奇了，便想着一定要去看看。

一问就问到了，她站在门口又不好意思立刻进去，便敲了敲门，正好有人出来一看见她，原来是她呀。但是因为不确定她就是，依旧扭捏着叫了声："你可就是小粉莲？"那女人看见了是她，笑说："我就是呀，你还客气敲什么门，直接进来。"她便进去了。屋主人又是倒茶又是拿瓜子的，因为是快要到新年了，家家都是这样客气的。她一看到那尊瓷菩萨旁边的遗像，那想必是小粉莲的母亲了。墙上的蛋形开朗相片框子里，方形托盘似的相框里有许多相片，她抬头细细地看着也不大好找，但因为实际生活里刚刚见过的，似乎就是这个人。害羞的，什么都是转盼的。结婚的照片过分浓郁的妆容因为时间长了，飘摇得仿佛是头上戴了一方褪红汗纱巾，外面的光照上去，脸上就有一层轻扬的红影，是水里的倒影，模糊不确定的。是胭脂，她想。小粉莲笑说："你去外面上学回来了？"洛真笑着点了点头："嗳，回来没多少天。"她又进房间抓了许多的糖堆在那堆瓜子上，瓜子坍了下来，铺了一层，她觉得不能让人原封不动地再拿回去，于是剥了颗莲子糖。她坐下来笑嘻嘻地看着她，眼前这个人长得这样人了，记得喂过她奶的。她还在一直说："吃呀，你怎么不吃？"

年轻时候的粉莲确实是个美人，跟她母亲一样还是个曾经哺育过她生命的女人。其实她叫她阿莲绝不是别人叫她小粉莲的简称，怪不得她不认得这个名字。而是当时因为一首流行歌的三阕歌词里有“阿莲……”“阿莲……”“阿莲……”每阙开头都是这感情洋溢的一句，倒像是阳关三叠，人都已经走远了，还在那唱念。她一时学上了口，便欢谑地叫任何女人，也包括卫宝。她现在有些老了，比先前胖了许多，结束着一根彪悍的马尾辫，整张脸便这样被恨恨地拉成了一张马脸。但是因为很少有人有了白发还扎辫子的，所以这白发只有着那铅丝的劲道。

申胡定是突发心脏病，原就有那病根，自己并不太清楚。那晚就死在了虾塘的女人的身上。女人怕死了，叫又不能叫，喊又不能喊，硬是忍着口气让人帮忙把他抬了出去，那人也没敢抬远，就近扔到了河边上。

“就是死在心脏病上，哪里晓得那晚去麻鱼就复发了，电瓶，探照灯，渔网都被人偷掉了。仁永不是他的，是卫宝跟别人生的，嫁过来的时候就带过来了，说是打掉了。我这话怎么晓得的，也是听别人前几天说的。你这话可千万不能说出去，说出去不要骂死你！”

“那卫宝的孩子是跟谁生的？”

“就是寿衣店里的张来源。你舅外公的寿衣就是他们家做的，房子也是他家扎的。”申胡定他们买纸都是去他那买的，这伊甸乡唯一做寿衣的地方，那么他当然是知道他的妻之前跟他的关系，她不明白怎么还去他那买。

她想起之前她告诉申胡定死的时候，穿着蓝色的外套，露着里面的深红色，她已经模糊地看见那淡赭黄的芦柴窠里有一个衣衫不整的人躺在那里，裤子的腰带散下来，一件内裤挡着。那诡异的颜色，她以前看见过申胡定这样子搭配穿过的。也许那深红色是血，不是深红色，是暗红色，他们都把暗红说成深红或者大红，大片凝固在衣服上，变成污旧的颜色，像是被人砍了一刀。冬天里的血很容易凝固，但是身体是热的，只要稍微碰到或者牵动到照样可以让血冲破了血痂，滔滔汩汩地流出来。应该是死在了虾塘的女人身上的。

这一向卫宝都在家，大清早上就来串门了，洛真的母亲像个蚕蛹似的裹在大红色的被窝里。她母亲躺在床上，侧着身隔着窗户跟她说话。卫宝在那嗑了一地的瓜子壳，厚厚的嘴唇上等到要沾上许多的瓜子壳，才“噗”的一声吐出去。她的胸脯实在是太大，把她上半身挤得几乎全是胸。她的额头被磕了一大块油皮，已经回来了一段时间，养得更是腴实敦胖，但比先前除了增一分胖外，“女子一胖三分痴”，她却只有蛮横与躁烈。她是在扶着一个精神病人的时候，病人发起狂来，对着她又抓又打，才把她的头打破了。家属不过意，至于赔多少，却一直商榷不定。

“我就跟他女儿说，我们也是苦哈哈，是来打工赚钱的，家里还有几年的房贷好还。”卫宝低头看了看自己，手抄在口袋里，摇了摇身体，抬起头来，笑着说：“就是他女儿不好说话，意思要断定哪些伤是他爸爸打的，哪些是自己跌的。他们容得你去含糊！多余的话我也不跟他们多说，我们嘴也不会说，说的不好还要被他们捏住把柄。我就说我们是来打工的，我们也不晓得哪里归哪里，对不对？这话一说她还不明白吗？”她在那里只倚靠窗户看着洛真的母亲，窗户从里面被闩上了，她打不开，只把脸贴近玻璃。洛真母亲在里面也不知叽里咕噜说些什么。瓜子壳的碎末溅到了眼睛里，用手揉了揉眼睛，把眼睛揉得通红通红的。双手就搭在窗台上，笑着，像尊弥勒佛。洛真站在她身后，眼前这个人……

她似乎又忘却了这样的事，眼前的这个人的胸……夏天还要大，夏天轻薄的衣裳，使得原形毕露。脸虽然是一张瘦脸，胖也胖得奇异。她总在下晚捧着只大碗。申胡风站在廊檐下看见她来了，先要开口嘲笑几句她的胸，谈笑间冷不防袭击过去。一碗的汤饭怕碰翻了，便用一双膀子笑着去乱划乱挡，东躲西避。她太小了，跑去护着卫宝，小兽的眼睛灼着他。还是被他袭击成功。她先是真的气了，红着脸放下碗腾出手来跟他对打，可是次数多了，她也笑。

那次洛真回去的时候，正坐下来在桌前吃饭，申胡风手里拿着一封快递飞奔过来，请她看看是什么。倒怎么大冷天剃了个和尚头，怪模怪样。洛真差点笑出来，倒真把自己剃得一脸的鼠相，脸上只有不多的几根鼠须。他站在那里，笑着说：“你是在外面的人，给你来看看，我儿子给我寄了这卡，说里面有钱，让我直接去银行取去。他也没个电话来，之前他是有跟我说过这件事，叫我留心着。我今天才收到这快递。”他把银行卡与一些大大小小的纸一并递给洛真。洛真一看就说：“钱倒是可以直接去取，但是要还。”申胡风一听，仍旧笑着说：“是他说的，直接可以去取来用。”她又解释着：“这个是信用卡，是可以去拿钱用的，这卡他已经替你申请好了。可是信用卡是相当于先与银行借钱用，到了期限你要还回去。”他微弱地应了声，不知嘴里说的是什么，只是最后几句却听清楚了：“可算是这钱还要还回去的。”但是也仍旧说：“嗳，他前几天打电话来说这卡里有钱，我可以直接去银行取的，我到今天才收到，我就跑来问问你们在外的人。”

洛真听到这话心里却有些惭恧，大概在他们眼里，在外面的人大概非要发点财不可，或者有个什么三头六臂之处。可她这次是预备不再出去的了，在外面的这几年，实在使她很疲倦。现在她知道了，那些究竟为了生计而考大学，真正落到个人头上时，可又是不同了。她过去的那些考试，那些等待，那些抑郁，全都变得不值得。可见她当时的读书也许就光为了做个文明人。

他现在怎么连信用卡也不会用，她母亲笑了起来：“他才蹲完牢间回来，怎么会知道哩！”她母亲又说：“也不怪你不晓得，你一直在外面。本来不会被抓，是他自己又去了我姑奶奶那里第二次，门撬不开，翻墙过去的。摸着黑，谁知道是他的，老太太闻到他身上有盐水鹅的味道，这下就怀疑到他了。他坐在麻将场上被人带走的，几下一逼问全招了出来。”怎么会想起来跟一个老太太，那样的身体，怎么会想起来的，发了疯吧，她像是第一次知道这原是件不可理喻的事。但是她脑子里马上闪过一个激灵，一个隐藏着的不安，是她，可不就是她自己么？那日几句话无缘无故地勾引出他过往的是非来，触动一点他的心肠？他不敢去找虾塘的女人，不然也许死的就是他。但他一向是那样的下流坯子。

每次她回来的时候从车里看到伊甸乡的许多人从她眼前一个个走过去，虽然她是一个也认不得，可能由于太久没有看见，所以还是觉得非常的愉悦。即使她有些什么要求，他们都会统统答应的。她去蛋糕店拿定做的蛋糕，用普通话笑问道："店家，可否多加点樱桃进去，我母亲他们就喜欢吃樱桃。"她这样把她的父母亲的爱好跟别人讲实在粗俗得很。她很小的时候，只有无知的快乐的时候，年轻的阿莲喂过她奶，给她摸过耳朵，用她的发烫的小手去摸她耳垂上的那软肉。阿莲咬着嘴唇扮着鬼脸吓她，悄悄地打掉她的小手许多次，一边仍旧笑嘻嘻地哄着，她把她的耳垂揪得更紧了。

她一个人在那条窄长的路上蹀躞徘徊着，一阵风来，她掉过脸去，那头发就全部被吹到了前面去；倚在墙上，头发便又被吹到了侧边，很有些流风回雪的意味。她很容易就看见阿莲家的大门只开了半边，没有敲门进去。

这里的院墙已经都用白色的石灰粉新漆了一遍，离墙根一尺来远的距离，用黑墨滚了一道粗边，有些书上粉墙黛瓦的清韵。这条小道拐角还有更细的夹巷，夹巷又有蚊足似的人的脚步踏出来的便宜的路，曲径通幽，迤逦着通往一个什么洞穴口，"曀曀其阴，虺虺其雷"，应当是这样的一种天气气氛里，洞穴里有兽的气息。她这伊甸乡可不就是个淫窟？！阿莲应该一定没有的，可是无论有还是没有，她对她还是有了无聊的厌烦，她想象着她开始对她好奇的那个时候。还有她的父母亲也应该没有过的。那晚，回来的那晚，也许是有个人跟着的，也许跟的是她自己。

她顺着那闲敞着半边门的院墙看到头顶上的一条条电线利落地拉过来拉过去，粉墙黛瓦大都是临河岸的，那明瑟的蓝汪汪的天，洒下来的一些天光便在那墙上演漾着，也像是河里的月亮的光。现在，那天就在她头顶上，她恍惚得像是倒置着走在瑶池畔。

秦汝璧，1991 年出生于扬州，现居南京。有作品见于各文学期刊。

老　虎

王陌书

和尚坐在蒲团上，拨动手中的念珠，默念佛经。

墙上挂着两个西洋钟，它们嘀嗒响，可能是一个快了两分钟，可能是一个慢了两分钟，响声的频率不协调。和尚年纪二十左右，五官标致，头顶上的戒疤烫得不算久，一身青色袈裟散发出淡淡的熏香。

半开的木窗外，漆黑的夜消除了一切形状，演化成一种无脊椎生物。他打坐了一天，只进稀粥，像佛祖在菩提树下一般等待顿悟的一刻，但始终没有等到，不免觉得焦躁。眼睛布满血丝，嘴唇上干裂的死皮快要脱落，后背的汗水透过了袈裟，不过没有多久就蒸发了。

毫无疑问，他在努力隔绝一切干扰。在这深山中的小寺里，周围是丛簇的树林，一条弯弯曲曲的山路几乎被植物淹没，平日里极少访客。原本有四个和尚，现在还剩三个，其他两个是他师兄和住持收养的小沙弥。他的法号是惠信，师兄是惠远，小师弟是惠智。而法号觉敏的住持上周在澡间失踪了，只剩下几件衣服和一串挂珠，门是打开的，师兄说是被隐藏在水缸边的老虎叼走了。

可能是心理作用，他还是嫌不够清静。

门紧闭着，以免老虎拖沓着步伐穿门而入。窗框上的糊纸已经破破烂烂，天花板是有些年头的松木，一有人踩在上面，就发出嘎吱——嘎吱的噪声。人类的眼睛察觉不到危险，就像人类的耳朵察觉不到20Hz以下的声音，但是这里确实弥漫着一股死亡的气味。通过柜子上正在结网的蜘蛛的视角——它的八只眼睛看见门口处生锈的捕鼠器夹着一只褐家鼠，肠子都被挤了出来，这个啮齿动物死之前咬住一小块胡萝卜，那是诱饵，死之后还是不松口。桌子上放着一张贴纸，抹着一层棕黄色的黏稠糖浆，上面沾着许多不再挣扎的苍蝇，糖浆甚至把一些半透明的翅膀扯断。另外，和尚旁边放着一盘蚊香，正渐渐变成灰烬，周围散落着已经中毒的蚊子。

这里是一座停尸房，堆积着不同生物的尸体，而凶手——那个和尚似乎没有发觉任何异常。他为了屏蔽噪声消灭这些入侵者，却无法除去自己内心的杂念。

不久，他沉沉睡去。

他是一年前出家的，那是在五月，他先去了理发店。穿着白色T恤衫配黑色牛仔裤，鞋子是盗版耐克，大厅里两边墙壁上对称地安置了一排镜子，他看见镜中的自己在看着镜子，以此类推，真实在反射中不断凹陷，彼此之间互相拆穿。店里的收音机在播放 Bee Gees 的歌曲 *Holiday*。“It something I thinks worthwhile. If the puppet makes you smile...”他听着歌词，不由自主地跟着哼起来。

坐在沙发椅上，他看见地上堆积着其他人的头发，这些头发会收集起来做成戴在别人头上的假发。矮个理发师调低椅子的高度，再把白布系在他脖子上，往他头上喷芳香的发胶。他吐掉嘴巴里的口香糖，指了一下自己染成金黄色的头发：“全部剃掉。”

“全部剃掉？留这么长了，不可惜吗？”

“是的，我要去做和尚了。”

“那让和尚给你剃不就可以吗？”

“他们是用折叠剃刀，抹上植物油直接在头皮上刮，我讨厌那样，很容易割伤。”

“可不，他们没有电动推剪。”

“他们也不会剪鼻毛——不过他们会烫香疤，这个要是也不会就好了。”

“你怕疼？”

“当然怕，我的皮肤特别敏感。”

“教你一个办法，瞧见我的耳钉没？我用冰块敷在耳垂上十几分钟，那样打洞的时候就没什么感觉，你也可以在脑袋上敷冰袋。”

“不错的主意。”

接下来电动推剪一点点削去头发，他不能挪动脑袋，忍受着噪声，觉得那是割草机。这个空间仿佛刚刚洗过澡，洗发水、按摩油、染色素的气味混合在一起，汇聚成看不见的泡泡。

“话说回来，你这么潮的小伙，为什么要去做和尚？”理发师问。

“既然有这份职业，总得有人去做不是？”他回答。

次日醒来，旁边的蚊香已经燃尽，他察觉到异样可又说不出理由。等站了起来才意识到胯间一片潮湿，自己梦遗了。他屏住呼吸，压抑从体内漫出的羞耻感，从开水壶里倒出一杯热水，打开一个小瓶，数了几粒头孢拉定胶囊吞了下去。然后去澡间清理秽物，从水缸里舀出一瓢瓢水浇在自己瘦弱的裸体上，那是井水，冰凉的触感让他遗忘了不快。

在吃早饭的时候，他喝着稀饭，咬着韧劲十足的番薯干，听师兄说一位信士来请和尚去念佛，要念三天，管吃住，事后还有一封红包。大约十岁的小沙弥惠智在桌底下用米粒喂蚂蚁。惠远一只耳朵聋了，所以听力不是很好。“师父不在了，我得留在寺里，这次由你去吧。记着，来回的车费也要找他报销。以前就有人跟我赖账，说什么费用统统算在红包里了，为这个我跟他理论了一下午，哪有这样的规矩，一码归一码。”

“是祈福吗？”他佛经背得不牢，得提前准备。

“本来是的，他孙子周岁要祈福。但他孙子周岁前发高烧夭折了——阿弥陀佛，所以是做超度。”师兄吹了吹稀粥上的热气，小口地喝了起来。

“那我得带《地藏菩萨本愿经》去。”他回答，停顿一下继续说，“师父被老虎叼着这么多天，林管站的人有没有找到老虎？他们不是带枪进山搜了好几天了吗？”

“没有，那大虫狡猾得很。”惠远低下头，瞪着桌底下的小沙弥。“惠智，最近不可出去乱逛，知道了吗？”

“知道了。”惠智显得畏畏缩缩。

“惠信，等下我把地址和联系人姓名抄给你，回来的时候记得买腐竹和薯粉干。”惠远夹住一块茄子。

“庙里的药王菩萨像被虫蛀了，是不是该请木匠做过一个？”他说。

“我已经找人定做了，六分米高，四分米宽，柏木质地。”惠远把茄子送进嘴里。

“你在找住持的钱箱吗？”他说。

“不错，那笔钱应该由我看管，毕竟我负责寺里的开销，不过一直没有找到。”惠远不想继续谈这个话题。

现在住持的遗体都还没有找到，师兄就忙着接住持衣钵的准备，让他很是厌恶。那天下大雨，没有找到动物脚印，但是在篱笆那里找到了一撮花色的毛发。一个活人凭空消失，警察实地调查找他们录口供，结果还是毫无进展。这附近的老虎在三十年前就几乎被有持枪证的猎户打光了，那应该是一种已经灭绝的生物，跟恐龙一样只能在博物馆看到骨架化石。现在的山里别说是老虎，连土狼或野猪都很少见。可是人们对山林总是感到陌生，这种隔阂容易滋生各种遐想。

吃过早饭，在佛祖木像前上过香，他收拾好旅行背包准备下山。跨过门槛的时候，藏在门后的惠智拉一下他的衣角，想说什么又住口了。以前他下山惠智会托他买点零食，软糖或者曲奇饼干都行，他以为惠智想说的是这个，摸一下惠智还未烫戒疤的头表示答应。想到没有带钱包，他又回到庙内，中途手臂似乎碰到了蜘蛛丝。

住持曾告诉过他，以前这里并非佛寺，而是一座基督教堂。当初洋人神父花了一百块银圆，从一个道士手里买下这座建筑，所以侧壁上还留有三清四御的壁画。神父本来请了画匠想铲掉墙皮，重新画上创世纪为主题的壁画，但是还没等到开工，他便死于重感冒引起的肺炎。于是这座建筑又转手到当时还很年轻的住持手里。住持拆掉了屋顶的十字架，安置好佛像和经幡。其他的他没有改变，没有那么多钱。因此，这里残留着各种宗教的痕迹。

下山的路坑坑洼洼，有几段甚至被滑坡的泥石流掩埋，上面长着野麦子，穿过时会惊起一群麻雀。惠信路过一座废弃的泥瓦房，屋顶已经垮掉了一半，顶部寄生着蒲公英与苍耳，如果下雨，即便推开门进去也无法躲避。他坐在门口倒扣的陶瓮上休息，脚边是一丛野草。上一次经过的时候是冬天，屋顶的瓦片上堆积着落叶与污雪，偶尔有乌鸦在上面落脚，他也是坐在倒扣的陶瓮上，脚边是一堆生过篝火留下的木炭。一个地方，季节不同让他感觉那是两个地方。

第一次上山时，他跪在小庙青砖铺成的地面上，参差不齐的砖块硌得他膝盖很疼。住持坐在他前面的蒲团上，惠远在走廊上削萝卜皮，而惠智则站在门槛外玩捉到的螳螂。住持问："年轻人，为什么出家？"

"有的人天生适合做屠夫，有的人天生适合做和尚。"

"这么多寺庙，为什么要来我这出家。"

"现在虽然不要度牒，可其他寺还是看文凭，香火鼎盛的大寺更是要佛学院毕业的高才生。"

"为了做比丘，早早就剃好头发，看来你有志于此。以前读过佛经吗。"

"没有，只知道佛祖是释迦摩尼。"

"能遵守五戒吗？一不杀生，二不偷盗，三不邪淫，四不妄语，五不饮酒。"

"要是说能，我就犯了妄语戒。"

"也罢，寺里也缺个砍柴挑水的人，让我给你想个法号吧！"

就是这样，他变成了和尚。

大约过了五分钟他离开泥瓦房继续赶路，随着越来越接近山脚，温度渐渐升高。周围是寂静的群山，虽然经常去砍柴，他还是对这一切感到陌生。人与植物无法沟通，他在林中的自言自语无人倾听。他总是在埋怨，埋怨方丈太吝啬——连电话都不肯装，埋怨惠远把寺里的东西寄给出家前娶的老婆，埋怨自己要干的活太多……絮絮叨叨的牢骚在山林中飘荡，产生的回音反过来让他更确信自己的看法。

也想过还俗，但几番犹豫还是留了下来，倒不是说因为多么虔诚，只是已经习惯了这种生活。

等到了山下的候车点，他站在生锈的金属站牌旁边等车。这里的乘客很少，所以班车很不准时，等到下午他才看到那个长方形机器。其间，他吃了根洗过的生红薯，连皮一起津津有味地咽下去。把一个空矿泉水瓶从站牌那踢到电线杆那，再从电线杆那踢到站牌那。最后去旁边的草丛里小便时，还捡到了一枚硬币，他想，等待是极其无聊的事情。

随着一阵喷气声车门打开，可以闻见一股座椅皮革和汽油杂交出的臭味，让人想要呕吐。司机抽着卷烟，回过头一言不发地指了一下投币箱，车里没有其他乘客。在上车前他掏出一张皱巴巴的纸条，那是惠远抄给自己的地址，上面没有写电话号码。然后踩上台阶，在司机警惕的注视下，将之前数好的硬币一枚枚投入透明的箱子里，当啷——当啷——当啷，每一次反弹都会让司机的眼睛发光，仿佛是被重复按下开关的电灯。

“到沁水镇去。”他走到最后面坐下。

“好——好。”司机把还在燃烧的烟头扔出窗外。

“该把烟头摁掉，不然烧起来要坐牢的。”他把旅行包放在旁边。

“事多。”司机走下车，踩灭烟头再回来，发动引擎。

“这车应该快退休了吧。”他感受着剧烈的晃动。

“还能将就开下去，发动机坏了换发动机，轮胎坏了换轮胎，方向盘坏了换方向盘。原则上所有部分都可以替换，所以原则上可以一直开下去。”司机抬起头看了一下后视镜，但是因为惠信坐的位置太靠后，根本看不到他。

窗外的风景开始加速流动，他看见被轧死在路上的野兔，然后遗忘；他看见扛着木头像扛着十字架的工人，然后遗忘；他看见路边生锈的废弃坦克，然后遗忘……在车上，感觉一切瞬息即逝。他不再跟司机没话找话，闭上眼睛休息，毕竟还要很久才能抵达终点。

几天后，同一辆班车上，同一个司机和同一个和尚在聊天，只是车的方向和上次相反。在给夭折的孩子做超度的几天里，惠信吃了不少三净肉，体重增加了几斤，这或许是他唯一的变化。他没有见到尸体，只见到骨灰坛和黑白遗照，是个圆脸的男孩。因为没有思考能力，男孩的死亡并不痛苦，他的一切还没有开始就已经结束，短暂的一生给家庭制造的创伤会持续到下一个孩子降生为止。男孩的祖父很是大方，除了红包和车费外，还把做法事用剩的供品全给了惠信。但是男孩的父亲不信佛教，对他嗤之以鼻，还提防他顺走什么贵重东西。他咿咿呀呀念了几天经，一直呼吸香烛的烟雾，嗓子坏了，现在嘴巴含着西瓜霜片。

“你跑这条线多久了？一年前，我第一次来这就是坐了你的车。”他用沙哑的声音说。

“二十年，过段时间你就不会坐这辆车了。”司机往左转动方向盘。

“为什么？”他嚼碎快溶解的含片，撕开一条口香糖送进嘴里。

“这个站点乘客太少，没有收益，公司决定从下周开始裁撤。毕竟是商业社会，凡事都得讲究利润。”司机往右转动方向盘。

“那以后我们要坐车怎么办？”透过窗户，他看见上次看见的野兔尸体，在路上没有被清理。

“得走路去清河站了，离你那里半小时车程，那个站点人多一点。”司机看见前面有人招手，准备停车。

“阿弥陀佛。”不知道该说什么的时候，他便如此说。

他在山下的金属站牌那里下车，拎着好几包东西，有信士送的供品，有惠远吩咐买的腐竹和薯粉干……这样上山肯定很吃力，幸运的是他碰到了也要上山的伐木工，可以顺路搭坐他们的驴车。那几个戴草帽的工人哼着下流的小曲，转轴有故障的轮胎吱呀——吱呀地叫唤，像是伴奏。

车上空荡荡的，等下山的时候才会装满松树的尸体。他去过伐木场，那里有着一堆堆码好的木头，它们分好类了，用粉笔画着不同记号，有的能用来盖房子，有的能用来生产家具，有的只能用来当柴火。不断有树木倒下，得当心不要被压着，虽然概率很低，但还是有工人被自己锯断的树压死。地上累积着积雪般的木屑，电锯持续磨损耳朵的听觉，每次停下，都能感觉到它发热的链条像刚做完爱的女人在颤抖。伐木场会迁徙的，当把一个地方的木头砍光，留下一些长牛肝菌的树桩，留下一堆生活垃圾，留下一个临时厕所，工人们就会搬走。去另一个地方做相同的事情。

谁也不会注意到，自然以肉眼不可见的速度，在缓慢地修复这些破坏，树桩上新抽出的枝条就是证据。惠信不喜欢那些粗鲁的工人，他们身上有一股异味，像是流淌在地上的乳白色橡胶。他旁边的家伙握着烧酒瓶，往嘴巴里灌了一口后问他要不要，他摇了摇头。坑坑洼洼的山路让驴车很是颠簸，不过还没有到让他无法忍受选择下车步行的程度，他说："最近，你们在山上见过老虎吗？"

老虎旁边的伐木工 A 有些诧异，老虎对这些人来说是遥远和陌生的东西，跟已经灭绝的猛犸象无异，都是没有见过的生物。

"是的，老虎。像是巨大的猫，身上有花褐色条纹，眼睛很大，腹部雪白。额头上的条纹不一定像'王'字，舌头上有很多倒刺。"他尽可能详细地描绘自己在电视节目上见过的老虎。

"没有，我出生以后就没见过。"伐木工 B 说。

"现在山里哪有像样的野兽，能找到獐子就很难了，大点的家伙早打完了，现在山里最大的动物就是你们几个和尚。"伐木工 C 跳下驴车，去路边解开皮带小解。

"我们寺的住持可能就是被老虎叼走的，你们有没有注意过动物的粪堆，里面可能有住持手上戴的珠串。"他继续说。

“我爹倒是见过老虎，以前还闹虎灾哩，政府鼓励猎户去杀老虎，一张虎皮奖五十块钱，杀最多的还发了‘打虎英雄’的奖状去县里接受领导表扬。我爹小时候看见的是老虎幼崽，跟一只猫似的，他爹——就是我爷爷用镰刀剥了皮送去县里，但是他们说那是猫皮不肯给钱。最后吵了一架，打个对折给了二十五块。以后就没有谁见过了吧，可能那是最后一只老虎。”伐木工A嚼着草根。

“人不可能凭空消失吧。”他打开装供品的塑料袋，抓出一把红枣干请其他人吃，自己则剥开一个龙眼干的外壳，里面居然是空的，他诧异地把壳扔掉。

驴车走得很慢，伐木工C很快追了上来，嘲笑他说：“可能跟尼姑跑啦！”

“阿弥陀佛。”他不想回应。

这些伐木工都是单身汉，都是过了一天算一天的人，周而复始地在林中锯断木头送去木料厂，领到工钱也很快挥霍。他们是现代的游牧人，随着公司要求而迁徙，扎下帐篷。惠信听人说过，为了解决性需求，伐木工们会跟山羊交媾。这实在骇人听闻，他想问他们是不是真的，但又不敢说出口。

到了破败的泥瓦房那里惠信下车，看着伐木工们摇摇晃晃地消失在树林深处，他没有道别。那一刻他倒有点期待，期待林中真的有一只老虎。泥瓦房门前有几个空的水果罐头，应该是昨天或者前天留下的，他没有在意，也没有稍作停留。

陈旧的寺门上长着杂草，不用叩响铜把手，橡木大门一推就开，他跨过掉漆的门槛进入种着蔬菜的庭院。棚架的影子倒映在他身上，是一横一竖的条纹，过几天他栽的丝瓜和西红柿就可以摘了。他喊惠智，然后喊惠远，但无人回应。于是去厨房放下腐竹和薯粉干，然后拎着给惠智买的奶昔面包走到前殿。到处都是空荡荡的，凝视没有表情的木头佛像，发现一只瓢虫落在佛祖的眼睑里，他突然觉得连续两次看到轧死的兔子是恶兆。他跟随听到的水声走去后院，看见惠远正从井里打水。

“叫你为什么不应？”惠信有些不快。

“没有听见。”惠远压着水泵的杠杆，井水从圆形铁嘴流出，正在填满一个木桶。

“腐竹和薯粉干都买了，不过听人说那家店的味道不是很好，老板很不老实。”惠信坐在缝隙处长着青苔的井口边。

“好——好，晚上就吃腐竹煮粉，加点笋干。”惠远点了点头。

“惠智上哪里去了？粘知了去了吗？我给他带了甜食。”惠远捏着袋子里的面包，一路下来，面包已经变形。

“他——前天晚上出去小便，被老虎叼走了。”惠远说，“当时很黑，我只听见声音，等我拿着煤油灯出去，他已经不见了。”

“老虎？又连尸体都没找到。”

“没有找到。”

“而你又什么都没有看清。”

“不能完全怪我，天那样黑，我手里又没有枪……”

惠信沉默了一会儿，目光在解剖惠远，似乎割开虚伪的表面就能从中找到一头凶残的老虎。他用力捏着面包，把它变成碎屑，再把碎屑挤压成一个整体，半液态的奶昔流到手上形成一股白色的血液，然后滴落到深深的井底，听不到回音。他在犹豫自己应该恐惧还是愤怒，在犹豫中，两种情感都如退潮般迅速消解了，最终剩下的是空白的茫然。

“住持说过有人偷他钱箱里的钱，所以他把钱箱转移了地方，而你说过你在外面欠了赌债……我想问问，钱箱现在在哪里？会不会是老虎吃掉了？”惠信说。

“他是个吝啬鬼，谁知道藏哪里了，你这话是什么意思？”

“住持不见以后惠智一直怪怪的，是不是他看见了什么不该看见的事情，而你又告诫他不要说不该说的事情。”

“你到底什么意思？”

“没什么，只是在想要是我失踪了，你也会对别人说我被老虎叼走了。”

说完惠信回自己卧室，打开房门前就闻到了一股臭味，他想了起来，之前离开的时候并没有清理房间里的尸体。现在，他打开窗户通风，首先用火钳夹住捕鼠器上发臭的老鼠装进塑料袋，然后是把粘着密密麻麻的黑点苍蝇的粘纸对折，最后抓住扫帚扫掉蚊香灰烬旁的蚊子。很快地，这个凶杀现场的所有痕迹都消除了，仿佛什么都没有发生过。

他怀疑是惠远为了钱杀害住持，又为了消灭人证杀害惠智，嫁祸给不知是否存在的老虎。这样的经过更加合理，人的恶意远比野兽的恶意可怕，但是他没有勇气去验证自己的推理，他是个懦夫。

他感觉头痛，撕开一包甘草颗粒冲泡，他看着颗粒在玻璃杯中先是翻腾，然后沉淀，最终溶化，他没有用汤匙来搅拌干预这一进程，目视透明的热水渐渐变成棕黄色。他啜饮起来，这种颗粒没有加蔗糖，他忍受着些许苦涩沿着喉咙入侵内脏。对于住持也好，对于惠智也好，他并没有多么深的感情，只是习惯了和他们生活在同一屋檐下，习惯了住持的唠唠叨叨，习惯了下山回来得给惠智带零食。他们消失让他感到不适。他是害怕变化的人，讨厌不确定的事情，热衷于一成不变的生活，也许这才是他选择出家的原因。

几天之后他和惠远之间的尴尬得到了缓解，也许是他开始适应没有住持、没有惠智的生活了。警察照例来问话，进行现场调查，也照样没有得出什么结论。这次他们在林中的小溪旁找到了野兽的脚印，但是很模糊，不能确定是哪种动物。惠远一口咬定："那是老虎没错的，肯定是大虫，我能感觉得到。"

而惠信只是看着他，没有质疑。

警察甲说："如果能找到它的粪便送去化验，那一切就清楚了，说不定还能化验出小和尚残留的 DNA。"

警察乙说："你们自己得注意，实在不行先下山找地方暂住，拜佛在哪不是拜呢？"

惠远说："是啊，我也有心搬离这座小庙，再找乡亲募款，在山下盖过一座庙。这里实在是太过偏僻了，夏天蚊虫多，冬天又湿冷，我早就劝过住持的，可他总是不听，唉！”

惠远没有问过惠信就打算卖掉小庙，这让惠信很是不满，但他还是一言不发，嘴巴里咀嚼着野麦的根。惠远最近一直在找住持钱箱，找各种理由把他支开，甚至撬开地砖，挪动佛像。到了晚上，他给长明灯换灯芯，惠远又对他说：“明天去镇上取一下木像，已经做好了，订金早就给过了，只要付尾款就行。”

他隐约觉得小庙外面有一双眼睛在窥视，像两团零摄氏度的火焰。他告诉自己不过是心理作用。但是出于本能的恐惧，他无法否定这种可能。这样的情形或许发生在黑暗中，庞然大物的身躯钻过林丛，触碰横生的枝杈，那植物的骨骼被挤压得一根根断裂。悄无声息中走过自己的窗户下面，出现又消失，中间抽出片刻时间吃掉自己。

而他想不到办法阻止这种情形发生，只是睁着双眼等待黎明。他不知道它在哪里，只知道自己在这里，这是多数恐惧的根源，对方的不确定性和自身的确定性结合产生的怪胎。

第二天，他带着用来测量的卷尺，防止木匠偷工减料。现在的班车已经不到山脚下了，他是自己骑自行车去的。在清晨出发，到了下午，又骑着自行车回来，后面横绑着油漆还没有完全干的木像，油彩染到了他的袈裟上。

抬高自行车的轮胎，他跨过门槛再解开绑定的皮条，把木像放到庙里佛龛的空位上，双手合十。然后他走在青砖上呼喊惠远，像往常一样，聋了一只耳朵的惠远没有回应。已经是黄昏时分，外面的丝瓜藤上残留着碎片状的光斑，他孤身一人，徒劳地呼唤着一个讨厌的名字。突然，他开始自言自语：“难道你也被老虎叼走了吗？”

他看见被敲起的青砖，敞开的柜子，挪动的木床。思考一下，将这些场景用蒙太奇的手法并列，可以知道是惠远在找钱箱。

他看见后院的土地上有着几个新掘出的洞，在枇杷树下的洞旁边散落着几枚发出反光的硬币。是惠远终于找到了钱箱吗？他的脑海一片空白。在旁边有一只右耳残缺的老虎，它慵懒地躺在地面甩尾巴驱赶苍蝇，像是刚刚吃饱。周围的气候似乎一下子进入了酷暑，空气和糖浆一样黏稠，热得让人焦躁。除去屋檐夹缝里的蜘蛛卵，周围的生命只有他和它，但他和它属于两个物种，不能沟通。老虎终结了他之前的疑虑，惠远没有说谎，真的有老虎，可惠远不知所踪，跟住持、跟惠智一样消失了。毫无疑问，老虎在他之前跨过寺门的门槛，穿过小庙的青砖地板出现在庭院。惠远在别处被吃掉了吗？他的脑海一片空白。电视上说老虎会袭击背对自己的生物，他的眼睛凝视着老虎的眼睛，不敢转开。在他眼里，只有讨厌的和没那么讨厌的东西；在它眼里，只有可以吃的与不可以吃的东西。目光的粘结没有产生交集。可以清楚看见秒钟堆积出分钟，在他眼中时间有了形状，那是螺旋形的。接下来会怎么样？他的脑海一片空白。

也许住持和惠智真的是被老虎叼走的，也许惠远在找到钱箱的一刻碰上了老虎，他想了一下，然后思绪又卡住了。现在，一切发生在山上的问题，无论真假都可以归罪于这头野兽，它不会辩解。

一片片空白如一只只候鸟聚集在一起，他想说这不是你该待的地方，回林里去然而人与人都无法互相理解，何况人与老虎，他选择一言不发。是啊，这里不是丛林，老虎的花纹与周围环境格格不入。终于，它在树下抬起一条后腿撒尿作为标记，浊色的液体在根部溅开，它慵懒地颤抖起来，粘在皮毛上的树叶纷纷落下。

王陌书，男，1997 年 6 月生，写有长篇小说《我们的我们》《随机之歌》《幽灵备忘录》，小说集《新千年幻想》《草灯狐道中》《现代神话》《生存图鉴》。作品见于各文学杂志。曾获得 2017 林语堂文学奖。

家庭游戏

栗冰箱

谁也不愿再提起那个游戏了，有时眼看谈话就要触及，都乖觉地、支支吾吾地岔开，避免撞上暗礁。它隐然成为我们家的忌讳，要尽力遗忘，有时也让我产生一种奇怪的感受，仿佛只有我还清楚地记得，那个游戏的起始，是因为对面搬来了新邻居。

我们家是个很悲惨的家庭。这样说绝非夸大其词，更不是出于某种中国人熟极而流的谦逊或自嘲。

爸爸是区农贸市场的一个分部小经理，赚的不比花的多，整天就是到处晃荡，维持秩序。他近年来交了几个“道上”的朋友，自以为有人罩着，却被花言巧语诓进地下赌博这个大坑，输了好多钱，还被一个他自认为“好兄弟”的赌友骗走十多万。然后好兄弟便黄鹤一去不复返，留下我们全家身负重债，举步维艰。

妈妈在小区门口开了一爿杂货铺，或许是因为没其他谋生手段，守杂货铺又比较清闲吧。整天嗑瓜子儿，一半零食倒让她自己吃了。经营更是惨淡，被旁边的大超市碾压得骨头渣都不剩，没丝毫商业眼光。她还非常贪慕虚荣，偷偷去买贵重的金银首饰，趁爸爸不在的时候就戴上，跟几个关系较好的主妇打麻将时炫耀。她一般是把这些首饰藏在床底下，笃定爸爸不会去看。

姐姐比我大七岁，高三复读两年，好不容易考上大学，却被一个男生搞大了肚子，还把学费借给他做生意。东窗事发后，妈妈凑钱到学校缴费，找到那个男生索要赔偿，那男生却也是个无赖，说不知道孩子是谁的，还狡辩没有借据怎么证明他拿了学费。妈妈要不回来钱，堕胎又要自己家承担，觉得骑虎难下，只能继续威胁男生娶了姐姐或者赔钱才堕胎，否则就把他告上法庭，玉石俱焚。最近两家就此事无数次扯皮。

最后还要说到我。我是家里的小女儿，十五岁，即将初中毕业，又矮又胖，满脸痘，还患有先天性哮喘，随时把万托林喷雾剂带在身边，遇到支气管痉挛就拿出来嗅，耸着肩、抖抖索索，像吸毒的。班上很多同学觉得我的姿势搞笑，就跟着学，装作喘不过气来，身子抖啊抖，然后手握成拳放在鼻子底下深深吸口气，夸张地作出如释重负的样子，像便秘一个月终于拉了出来，每次都惹得大家窃笑不已。我已经习惯了，但还是觉得非常难受。最近我有几天通宵在家上网，跟一个比我大四岁的男大学生视频，我觉得自己坠入了爱河。某天凌晨，我发现视频镜头里自己的脸泛起一阵潮红，像抹了血，凉风一吹，脸就不能动了，俗话叫面瘫。医生说是因为连续通宵，抵抗力降低，毛细血管扩张，又吹了冷风，才导致面神经麻痹。真是雪上加霜。面瘫那段时间，我哮喘发作吸万托林就更搞笑了，模仿我的男生也兴冲冲地增加了戏份，嘴角歪着，还流出口水，活像个癫痫患者。

虽说不幸的家庭各有各的不幸，但我总觉得，恐怕天底下我们家的不幸程度也算出类拔萃了。家里就妈妈比较乐观，或许是因为她最不惨，而且人比较精刮泼辣，生活也打不倒她。她总是盘问我跟我姐姐同学、我爸爸的狐朋狗友家里的事，听见我说一个女生爸爸因为杀人进了监狱时，她就面孔放光，眯着眼拍了下膝盖，嘴里啧啧的，像那些旧时代茶馆里的说书先生讲到紧要处："我就说嘛，你看，还是有人比我们家惨的。别相信那些表面看起来很幸福的人，都是装出来的，背地里跟我们差不多呢。"

但对面的邻居似乎让她的理论失了效。

他们是三口之家，男的挺拔、风度翩翩，女的温婉、气质高洁，儿子虽有些长相平平，但也可爱。他们搬过来时，给我们送了见面礼：精美的书籍、零食还有保健品，看起来价值不菲。妈妈发挥她磨炼多年的口舌功夫，鸡毛蒜皮都不放过，吮舔出他们家的来历。男的是一家信托投资公司的投资总监，年薪六七十万；女的是附近一家私立小学的语文老师，得过很多奖；儿子刚上小学，却已钢琴七级。他们一家楚楚动人，光鲜亮丽，高不可攀，像云端上的人，屈尊纡贵来到我们家。夫妻俩偶尔相视微笑，脉脉的温情黏稠如蜜。儿子乖巧懂事，体贴地看着我们家寒碜的布置，还有邋遢的着装，只是安静微笑，像对一切无法理解之物疏离的尊重。这样的家教实在令人如芒在背。

他们前脚刚走，妈妈的脸就立马阴沉下来，仿佛暴风雨来临前的黑云："呸！一家子装得和和美美，那么有钱，怎么搬到这破烂小旮旯来？"

爸爸呼哧吸着面条，说："那女的不是讲了吗，她学校在附近，儿子也可以在她学校上学，搬到这里方便呗。人家在市中心还有两套房子租出去呢。你就装聋没听见得了。"

妈妈正愁一膛阴火无处发泄，他就自动往枪口上撞，瞬间火力全开："就你会逼逼，天上晓得完，地上晓得半。那你怎么不晓得你那狗肉朋友借钱不还！"说着她笑起来，颇有些扬扬得意，也许是觉得自己说的话很押韵。

爸爸一副唯小人与女子难养的表情："你这女的怎么老是死缠烂打揪着不放，我还不能有几个朋友吗！你不信我朋友还不信我？他说了现在是救急，过年之前肯定还！"

妈妈说："信你？呵呵，信你除非母猪上树、公猪下崽！"

爸爸将碗往桌上狠狠一掼，面条险些泼溅出来："你他妈的，是欠揍还是怎么！"

妈妈遇强则强，是不甘心被压迫的，要为妇女平权出一份力，顺手抄起阳台上的花盆朝爸爸扔过去，花盆擦着他耳朵飞过，撞在门框上，哗啦一声，四分五裂："我看你这吃软饭的还打不过我，谁揍谁还不一定呢！"

我默默回到房间，反锁了门，抚摩自己麻痹的脸，感觉胸口又冷又痛。心想，姐姐真好，上了大学，可以住在宿舍里，不用整天面对这些糟烂事，鸡犬不宁。转念想到，她现在正跟那个男的就堕胎跟结婚纠缠不休，似乎也没好到哪里去。

我又想到对面那家人，像活在圣诞卡片里——枞树上挂满五颜六色的小灯，树底堆满礼物，雪花宁静地飘落，他们站在树下，纯粹的、明亮的幸福跟美满。而我们家只是窗外灰暗的天色、没有形状的云朵、亮着红眼睛的乌鸦，那悲凉的感觉也就越发深刻入骨。

对面那家人拜访之后，妈妈跟她闺密搓麻将的次数减少了许多。她开始积极打探对面那家的消息，跟其他邻居不经意谈起，还去百度他们名字，看有没有什么蛛丝马迹。事实证明他们说的句句是真，没有骗人。妈妈不死心，总想找到他们隐藏的阴暗面，有时甚至丧心病狂地把耳朵贴在他们门上，听有没有争吵或摔东西的声音。结果大部分时候听到的都是他们儿子在用钢琴弹莫扎特的《回旋曲》，叮叮咚咚的，格外悦耳，也格外刺心。

“嘁，你还真以为每个人的家都跟我们一样啊。”爸爸嗤笑着说，恬不知耻。为了打击妈妈，他可以连自己都骂进去。我有时也搞不懂他们，宁愿自伤三分伤人七分，也不想和和气气地讲话，再正常的交谈也带着火药味。

妈妈气噎，嚷道：“我们家？我们家怎么了！有多少人不如我们家，你那个朋友要是不比我们惨，怎么会来借钱？你脑子动动，生锈了就换个脑芯成吗？”这是她的撒手锏，只要一提到这件事，爸爸便又羞又怒，自乱阵脚。

但妈妈知道他说得不错，确实找不到对面那家不睦的证据。她连打扫清洁的阿姨都问了，但阿姨说他们家人都很和善亲切，给她的小费也多——责备地看了妈妈一眼。妈妈知道她是暗损自己吝啬，也就打住不问了。

“妈，你怎么就不信世界上有这么幸福的家庭呢？”姐姐问。她跟那个男生没拉扯出个结果，孩子作为筹码不能打掉（大不了生下来做亲子鉴定，她这样说），又怕肚子一天天大起来被学校发现，便借口抑郁症休学回家了。妈妈整天没好脸色，觉得她丢人还不如丢在学校，毕竟都是无关的人，非要回家现眼。

爷爷奶奶从乡下来，说今年收成不好，要钱周济。爸爸好不容易凑足两百块，妈妈见了破口大骂，把钱夺回来，说爸爸自己脑子塞了屎把钱拿去打水漂，现在又惦记家里的生活费，他想饿死就算了，母女三人还有肚子里的那个都等着吃呢，要救你爹妈自己卖身去啊，又没废你那玩意儿。

爸爸气得吹胡子瞪眼，反唇相讥，说妈妈背着他买了那么多金银首饰，戴着给谁看，不如卖了贴补家用，她以为藏在床底下就那么安全，他早就看见了，而且已经偷偷卖掉了一对金耳坠。说着他得胜似的笑了。

妈妈一听大怒，两人又大打出手。锅碗瓢盆到处飞，哐哐啷啷，场面堪比武侠小说。爷爷奶奶帮理不帮亲，自然向着爸爸，把妈妈给擒住。姐姐看不过去他们一家人欺负妈妈，而且爷爷奶奶向来重男轻女，妈妈生了两个女儿，我跟姐姐都受了不少白眼。于是她冲上去扳开奶奶肩膀，却被奶奶骂了句，狠狠推开，摔在茶几上，又跌倒在地。姐姐大叫起来，捂着肚子。我心里一惊，连忙抱住她。见他们四人仍旧打得不可开交，怎么叫都不答应，我大哭起来。他们这才发现似的，消停了。姐姐脸孔蜡黄，汗珠汩汩沁出来，转瞬就已湿透了衣衫，嘴唇也咬出血。妈妈这才觉得不对，一屁股坐在地上大哭起来，不忘痛骂爸爸还有爷爷奶奶两个老不死。两个老的心知闯了大祸，赶紧拿钱溜了，刚刚诉苦要钱时还说腿脚不灵便，这时可利索了。对面那家的妻子想是听见惨声，跑来一看，见姐姐下身已汪了一摊血，连忙打电话叫救护车。我们一家人却只顾着各自忙忙乱乱的，什么都没做。

姐姐的胎儿没有保住。出医院时，我忐忑地瞧她，发现跟平时没什么两样，只是更苍白了，走路有些颤巍巍的。在我的感觉里，仿佛她一经过堕胎就要变成某种怪物似的。当然这没有发生。妈妈收敛了好勇斗狠，一路唉声叹气，数落爸爸，说都是因为他才害得姐姐这样，现在连要挟那个男生的筹码也没了，一分钱没拿到！真真是赔钱货！

回家时，对面那家的妻子开门，关切地问有没有什么事。妈妈强笑着说没有没有，又假惺惺地谢了她。她温婉地笑着说是应该的，邻里街坊嘛，能帮的尽量帮。

我们回家，妈妈把门摔得砰砰响，然后去做晚饭。我扶姐姐坐进沙发，握着她不停颤抖的手，看得出她极力忍耐眼泪。爸爸点了一支烟，在阳台上闷声抽着。一种枯干的悲惨的空气又笼罩了我们，像是苦涩的黄连水把这个家都浸透了。

妈妈煮好一锅面，配几根菠菜，额外炒两个鸡蛋给姐姐补身体。我们已经连着吃面五个月了。

“我看应该把这房子卖了，买个便宜的，还可以赚点钱。”爸爸盯着清汤寡水的面条，说。仿佛是说给面条听的。

妈妈把筷子重重地摔在碗上，叮叮的，“卖什么卖，就真的活不下去了吗！比我们惨的多得是！你去大街上看看那些乞丐，能吃半两面都求爷爷告奶奶了，你这男人怎么这样没出息，我当年是得了青光眼才对你青眼有加啊，我恨不得戳瞎自己！”

“对面那家人真幸福啊……”姐姐行尸走肉一样说着，脸上木木地滑落两行泪。

妈妈艰难地咽下一卷面条，盯着姐姐，难得没有横眉竖眼，只是带着淡淡的责备说：“傻孩子，那都是假象。你别给自己找不痛快，身体都这样了。”她叹了口气，忽然，眼珠滴溜溜一转，脸像被某种幽暗的光芒照得阴森森的，又有种兴奋的神色，压低声音，“其实你们都不知道，那个女的，脏着呢。”

爸爸掸了掸烟灰，疑惑地盯着她：“什么？”

妈妈鬼鬼祟祟地说：“她教书的小学，那些家长都知道，她有恋童癖，喜欢那些嫩嫩的小男生，好多人都在办公室撞见她把六年级的男生抱在腿上，摸来摸去呢，恶心死了。”

我跟爸爸面面相觑。姐姐倒是还阳一般，有了口活气：“对，现在有些新闻都是老师猥亵学生的。”

妈妈赞同地点了点头，嘉奖姐姐佐证了自己的说法。她又转向我，“你在学校要保护好自己知道吗？别被人揩了油还递纸巾给他擦手！”好像这已然成了十分普遍的一件事。

爸爸撇了撇嘴：“从哪儿听来的小道消息，假的吧！”

妈妈有些尴尬，但仍蔑笑着：“你别管哪儿听到的，总之世界上没有哪家会跟他们一样，像是漂白水泡过的干净！”

爸爸嘲讽地耸耸肩：“你自己编得开心就行。”

妈妈笑意更深，摆出一副任君采撷的神色：“你爱信不信。”

姐姐倒是完全地相信，跟妈妈热烈讨论起来，说现在猥亵在学校里多么多么流行，那些老师多么多么丧心病狂。爸爸虽然一直显得很嫌弃，最后也耐不住插了几句嘴。只有我莫名其妙地看着他们。

不过，这是我们家十多年来极其罕见的没有争吵跟谩骂的夜晚，清净得令我不适应。我听着他们津津有味地讨论对面那家，虽然不说话，竟也有一种安心的感觉，好像雷雨夜，躲在被窝里，看闪电映亮房间，因为伤害不到自己，而觉得恍惚的愉快。

第二天晚饭又是面条，什么小菜都没，我们百无聊赖地咀嚼。爸爸拿来味精，往碗里倒了许多。妈妈惊呼起来，叫他省着点儿，这么粗手笨脚的，做什么。我记得以前她都是说吃了味精不好。现在却……

姐姐有炒蛋做臊子，吃得挺香，还把汤喝净了。她擦嘴后，慵懒而优越地望着我们，仿佛是施舍食物的贵妇人。见我们也吃得差不多，才缓缓地说："对了，我去买菜的时候，听说对面那家的孩子不是他们亲生的呢。那女的堕胎很多次，生不出孩子，就领养了个。"她一字一句咬得清晰，有些过于郑重其事，好像说的是什么生死攸关的大计。

我若有所思地盯着姐姐，也盯着她平滑如初的小腹。姐姐被我看得不自在，敲了下我的头，笑骂："看什么看！"

妈妈的兴致一下就被热辣辣地挑了起来："我就觉得那小娃儿不像他们，果不其然！他们长得还算可以吧，那孩子眼睛那么小，芝麻绿豆似的，鼠目寸光。嘴唇厚得蠢相，切切也得有一碟子了。一点都不像亲生的。"

我在心里叹为观止，妈妈总是能推陈出新地发明各种刻薄的说辞。

"可怜的小孩儿，亲生父母不要他，在孤儿院不知道有没有受虐待，这样的孩子都忍受惯了，从小受训练。”姐姐说着，又暧昧地补上一句，“唉，他妈妈还有那样的怪癖……”

爸爸点了一根饭后烟，拖腔拉调地说：“我也觉得那孩子不大正常，太乖了，这个年纪，不就该吵吵闹闹跑跑跳跳吗？哪有像他那样安静得屁都不放一个的。你们俩小时候闹腾得都可以把房顶给掀了。”

妈妈从爸爸那儿接鼓传花，传教士般对姐姐跟我说：“所以，你们已经非常幸福了，至少是亲生的啊，我们也没什么见不得人的毛病，对你们无比包容。不要身在福中不知福啊。”说着，她把我的那碗面往我那边推了推，似乎看出我食之无味。我知道，这也是她说的“福”之一种，要珍而重之，要惜福。

他们就着对面那家的苦难——最美味的下饭菜——吃完了面，又边看电视边谈论着对面那家的孩子。不知不觉便到了睡觉的时候。

第三天，妈妈不知从哪儿拿出一碟泡菜，脆萝卜切得细细的，鲜香爽口，几个人都很开心，终于不用吃白面了。正吃到一半，爸爸仿佛不经意，却又跃跃欲试地说：“你们听说了吗？对面那家男的工作的其实是个皮包公司，他自己工资一星半点都没，被套得死死的，走了就更是什么钱都拿不到，留在那儿又浪费时光，找不到其他工作，真惨。”他的声音确凿无疑，似乎逼迫着人认同他。但又带着一股鄙夷，大概是不想被我们当成乱嚼舌头的妇人。

妈妈响应热烈，啄木鸟似的不住点头，要从爸爸的话里钻出新鲜虫子来，“那女的还拿他的钱到处买奢侈品呢，一出手就好几万，听说男的已经决定要离婚了，真败家啊。”她意味深长地看看爸爸。

爸爸经历上次，也学乖了，连忙说：“现在看来，我们俩这么多年真是恩爱啊。至少不像他们那样，啧啧，撕破脸多不好看。”来而不往非礼也。

妈妈含笑表示赞同，像老佛爷嘉许身边的小太监：“要是离了婚，小孩才更惨呢，只能一个亲戚一个亲戚去求收养，或者别读书了，赶紧打工赚钱。唉，你们姐妹俩已经非常幸福了，长这么大，从没让你们受过苦，现在知道了吧？”

姐姐很有感触地点头，发表获奖感言似的，说有爸爸妈妈护着自己感到很幸福，暖到心窝窝。我还是觉得有些不可思议，又很想笑：这一切是怎么发生的？那么荒谬……他们根本不了解对面那家，在这里风风雨雨、添油加醋的，人家根本不动如山，有什么好开心的。

但看到他们不吵架了，又觉得，就由他们去吧，过过嘴瘾，也没什么大问题。也不忍心戳穿他们了。我做人还是那么不坚定。

于是，家庭游戏就这样形成了。将近一个月，我们晚饭以及之后一段时间谈论的都是对面家。对面那家男的父母来要钱，被女的扇了巴掌，夫妻俩打得头破血流；对面那家男的有个朋友借了一百万不还，跑路了，他们卖掉房子还债，马上就要流落街头；对面那家女的被学生家长起诉，赔了好多钱，还被家长揪着头发打；对面那家女的偷情，孩子是她跟另外一个男人的，那个男还是个瘪三，长得歪瓜裂枣；对面那家孩子偷钱出去通宵上网，被坏孩子扒光衣服，哭兮兮地回家……

我知道，他们只是在一厢情愿地欺骗自己。对面的家庭太过完美，连妈妈这样目光精得像剃刀的人都挑不出瑕疵。苍蝇不叮无缝蛋，既然找不到缝，就自己创造出缝来。他们越是光鲜亮丽，我们口中的他们就越是不堪，越是龌龊，越是阴暗。因为他们那样的家庭，是失真的。我们无法承认世上有那么幸福的家庭，近乎绝对地映照出我们的悲惨。如果承认了，我们的苦难会变得更加难以忍受。

我最开始觉得这个游戏很可怕，很无聊。但是他们三人都沉浸其中，流连忘返。而且，关系似乎真的改善许多，不再剑拔弩张。妈妈不像以往那样刻薄，爸爸不像以往那样窝囊，姐姐也不像以往那样哀怨。连这个破破烂烂的家似乎都变得顺眼几分。沙发温软，被子亮丽，厨具洁净。或许，这个游戏就是一种障眼法，能让他们暂时不去面对家里的千疮百孔。

人长期浸淫于一个环境，实在很难坚守自我。要么就勇敢地划清界限，但这样的人，一般会被当成傻子或者不识时务的假清高。我本来在学校就受够了被孤立的滋味，要是在家还这样，真是不想活下去了。何况这个游戏也有它自身的魅力，流言的诱人之处就是“写在水上”，流动的，轻浮的，转眼便消失无痕，天马行空，不用负责，想怎样编派就怎样编派。再说了，这只是家里几个最亲密的人茶余饭后的游戏，又不会在外宣扬，伤害了谁呢？

于是我也就范了。

“对面那家孩子在学校被欺负得很惨，他说话还有动作都很搞笑，班上那些同学就模仿他，嘲笑他，而他又不敢告诉爸爸妈妈，每天被打得鼻青脸肿，还说是踢足球摔的。老师也不关心他，让他坐最后一排，跟最坏的男孩子坐一起，动不动就抽他凳子，踩他书包。而且他长得那么矮，根本看不到黑板，站起来又被老师骂，好可怜哦。”我小心翼翼地组织语言。说出口的瞬间，却意外地顺畅，仿佛真的看见他被欺负的模样。我袖手旁观，感到一种轻飘飘的喜悦，变得自信起来。

妈妈为我终于参加游戏而高兴，说：“谁叫他有那样的爸妈呢，被欺负也是正常的，可怜啊。像你妈我，”此时爸爸装模作样地咳嗽一声，她有些不乐意，但终究补上，“嗯……还有你爸，我们这样为人父母的可不多了，行得直，坐得端，谁敢欺负到你们头上，是不是？”

姐姐也附和：“孩子生下来被这样欺负，还不如不生呢。对大家都有好处。”

爸爸若有所思地点了点头，领导视察工作成果般发话：“还好你没生，你那个男同学本来就是个不负责任的孬货，生下来他也是不管不问，到时你一个人养孩子多艰难。”

姐姐一愣，面目又生出怨气，幽幽地说：“如果生下来，不是还有你们吗？难道你们不打算帮我，忍心让我一个人扛？”

爸爸眉头一跳，那神色就像要说什么使人难堪的话。妈妈见游戏有被破坏的征兆，连忙打断：“你爸的意思是，我们终有一天会离开这个世界，到时你妹妹还要靠你做主，你又养着个孩子，多不容易，他是心疼你呢！瞧瞧，可怜天下父母心，还经常不被理解呢！”说着轻描淡写睖了爸爸一眼。爸爸会意，连忙点头称是。姐姐这才笑起来。

妈妈手腕高超，总是能让游戏保持在正确的轨道上，让家里每个人都服服帖帖，热情不减。她是掌舵手、主心骨，很难想象没了她我们还能继续玩下去。

我第一次参加这个游戏，却如鱼得水，并且沾沾自喜。连自己都相信——那孩子在受欺负呢，比我惨多了。我不应该自卑。

就这样，家庭游戏成了一种黏合剂，把我们这个破碎的家庭拼贴在一起，暂时忘了那迫在眉睫的悲惨。我们也展现了超凡绝伦的想象力，在构陷对面那家、勾勒他们苦难方面。我想，正是因为对面那家毫无瑕疵，是一张纤尘不染的白纸，我们的诋毁才更加肆无忌惮，才如此轻松地挥毫泼墨。对于某种脱离尘俗的东西，人总是想要去践踏一脚的。

六月底的一天，对于其他人，可能只是普通的一天：早起上班上学，跟人交流，然后回家，吃饭、洗漱、睡觉。对于他们，这天是如此平常，如此易于遗忘。但那天对我们家来说，却不啻晴天霹雳，将家里那种甘美而梦幻的氛围击得粉碎。

天气十分炎热，城市底下似乎烧着暗火，咕嘟嘟地沸腾起来，空气黏糊糊的，人一剧烈走动，仿佛都会发出啪啪炸裂的声响。更何况，我们家是早已不用空调了，电扇也是能关就关——省电。傍晚时，妈妈买菜回家，门开到一半，对面那家传来砰然巨响，她惊愕地回头，看见那家女的披头散发冲出门，叉腰站定了，对着门里那男的大吼大叫，像个疯婆子，无数污言秽语有如剧毒的暗器毫无滞碍地射出来。男的也不甘示弱地回骂，甚至抄起鞋架上的鞋子朝女的掷来。小孩哇哇大哭。

妈妈呆愣愣地站在原地，动弹不得，像中了定身术。她难以相信自己眼前所见，像每天经过的公园某个早晨变了一座废墟，发散出浓重的荒寒的鬼气。

对面那家女的看见了她，眼神是淬过火的钢蓝色，锋利刻毒，也不移开目光，像要把她给盯穿。妈妈连忙尴尬地笑笑，闪身进屋。

我们都在客厅，也听见了，仿佛听电视里模糊的新闻播报，有一种惘惘的威胁，使人如坐针毡。妈妈看见我们，强笑着说："你们看，我就说嘛，没有哪家可以那样幸福的……"

她没有说下去，脸上有种惊恐的失魂落魄的神色，五官扭曲，即将呕吐似的。空气里弥漫开一股暗黄色烟雾般的气息，那是苦难重新找到我们的气息。障眼法已经失效了。连妈妈都没办法力挽狂澜。

姐姐苍白着脸，抚摩自己的小腹，带着苦涩的悲哀喃喃："不行，那个男的必须负责，我都堕了胎，却什么也没得到，凭什么，凭什么……"

爸爸点燃一根烟，给他借钱的朋友打电话，说了几句，就在阳台吵起来，我隐隐听到他质问为什么一点消息都没有人就搬了家……最后仍然没个结果，他居然唯唯诺诺、称得上友善地挂了电话，那窝囊劲儿又回来了。

而我感到一阵迅猛的胸闷气促，连忙掏出万托林，狠狠嗅了一口，才有所缓解，想到明天要继续面对班上那些恶毒地作弄我的同学，从未觉得如此难以忍受，我想把自己缩起来，缩到所有人都看不见，缩成一粒尘埃，那样才感到安心。妈妈避难似的冲进厨房，开始煮面，锅里的水咕嘟嘟地沸起来，她才低声惊呼，没面了！

谁也没搭腔。城市尽头的斜阳像被子弹击穿，陡然蓬散成灰蒙蒙的细盐，只剩蓝紫色的黄昏涂抹一切，使得世界看起来均匀而平衡。

我们都清醒地意识到，游戏已经结束了。虽然它也并没有持续很长时间。我们自以为拿了一张华丽的幌子——由我们虚构的完美家庭的苦难——来遮掩自身。因为是完美的，所以任由我们怎样泼脏水它都不会沾湿半分，我们才放心大胆，任意妄为。然而现在，它被撕裂了，让我们看清其实它并不安全，漏洞百出，且爬满了蚤子。还要怎样庇护我们，让我们高枕无忧呢？

或许，游戏过早地终结，也是出于一种残酷的悲悯——留给我们更多时间，来思考怎样将生活复归原位。

栗冰箱，生于 1992 年，四川广安人，现居成都，作品见于《文艺风赏》、“one · 一个” APP 等。